文春文庫

旅仕舞

新・酔いどれ小籐次（十四）

佐伯泰英

文藝春秋

目次

#「新・酔いどれ小籐次」おもな登場人物

赤目《あかめ》小《こ》籐次《とうじ》　元豊後森藩江戸下屋敷の厩番。主君・久留島通嘉《くるしまみちひろ》が城中で大名四家に嘲笑されたことを知り、藩を辞して四藩の大名行列を襲い、御鑓先を奪い取る（御鑓拝借事件）。この事件を機に、〝酔いどれ小籐次〟として江戸中の人気者となる。来島水軍流の達人にして、無類の酒好き。

赤目駿太郎　小籐次を襲った刺客・須藤平八郎の息子。須藤を斃した小籐次が養父となる。愛犬はクロスケとシロ。

赤目りょう　小籐次の妻となった歌人。旗本水野監物家の奥女中を辞し、芽柳《めやなぎ》派を主宰する。須崎村の望外川荘に暮らす。

勝五郎　新兵衛長屋に暮らす、小籐次の隣人。読売屋の下請け版木職人。

新兵衛　久慈屋の家作である新兵衛長屋の差配だったが、呆けが進んでいる。

お麻　新兵衛の娘。父に代わって長屋の差配を勤める。夫の桂三郎は錺《かざり》職人。

お夕　お麻、桂三郎夫婦の一人娘。駿太郎とは姉弟のように育つ。

五十六　芝口橋北詰めに店を構える紙問屋久慈屋の隠居。小籐次の強力な庇護者。

久慈屋昌右衛門　番頭だった浩介が、婿入りして八代目昌右衛門を襲名。

観右衛門　久慈屋の大番頭。

おやえ　久慈屋の一人娘。番頭だった浩介を婿にする。息子は正一郎、娘はお浩。

国三　久慈屋の手代。

秀次　南町奉行所の岡っ引き。難波橋の親分。小籐次の協力を得て事件を解決する。

空蔵《そらぞう》　読売屋の書き方兼なんでも屋。通称「ほら蔵」。

うづ　弟の角吉とともに、深川蛤町裏河岸で野菜を舟で商う。小籐次の得意先で曲《わげ》物《もの》師の万作の倅、太郎吉と所帯を持った。

青山忠裕《ただやす》　丹波篠山藩主、譜代大名で老中。小籐次と協力関係にある。

おしん　青山忠裕配下の密偵。中田新八とともに小籐次と協力し合う。

お鈴　おしんの従妹。丹波篠山の旅籠の娘。

旅仕舞

新・酔いどれ小籐次（十四）

第一章　社参延期

一

文政八年（一八二五）冬。

久しぶりの江戸へと戻った赤目小籐次《あかめことうじ》は、その翌日、おりょう、駿太郎《しゅんたろう》の一家三人にお鈴を伴い、西の丸下の老中屋敷を訪ねることにした。

むろん丹波篠山《ささやま》への旅を快く許してくれた老中青山忠裕《ただやす》へ一言お礼を申したかったからだ。だが、多忙を極める老中に対面出来るなどとは考えていない。ともかく忠裕の側近に篠山にて世話になった感謝の気持ちを伝えることだと、小籐次は考えたのだ。この旨は戻り着いた日に久慈屋《くじや》を通して筋違御門《すじかいごもん》そばの丹波篠山藩江戸藩邸にいる密偵のおしんと中田新八に伝えていた。

望外川荘《ぼうがいせんそう》の船着場から駿太郎が久しぶりに小舟を操り、二匹の犬に見送られて湧水池から水路を伝い、隅田川に出た。

櫓《ろ》を操りながら駿太郎が、

「お鈴さん、川の向こうに富士山が見えますよね」

と初めて江戸を訪れたお鈴に教えた。

「えっ、雪をかぶったあのお山が富士山ですか」

「そうですよ」

「江戸からも富士山が見えるのですね」

「天気のよい冬はよく見えます。ちょっと小さいけどね」

丹波篠山から江戸への道中、篠山城下を出た数日こそお鈴は緊張していたが、京に二日ほど滞在し、冬の都を楽しんだあと、東海道を本式に下るころにはすっかり小籐次一家に馴染み、大井川ではおりょうと一緒に蓮台に乗った。小籐次と駿太郎は川越人足の肩車で越え、さらには天下の険の箱根山を全員で徒歩にて上り下りして、小田原城下に到着した。

おりょうも旅に慣れ、周りの風景を見回し、土地の風物や味を楽しむ余裕があった。

そのせいもあってお鈴も小籐次一家の一員として旅をし、東海道を歩き通した。その道中、駿河国に入ってからは雄大にして壮麗な雪の富士山に圧倒されたお鈴だが、まさか江戸から富士山が見えるとは思わなかったのだ。

「お鈴、そなた、青山の殿様を承知かな」

小籐次がお鈴に問うた。

「いえ、私がもの心ついたときには、もはや老中におなりで篠山にお戻りになることはございませんでした。お会いしたことはありません」

篠山藩主青山下野守《しもつけのかみ》忠裕が老中に補職されたのは文化元年（一八〇四）正月ゆえ、二十一年前のことになる。当然お鈴は生まれていない。

「老中職にお就きになったのは二十年以上も前、以来江戸定府ゆえ、篠山城下の若い家臣や領民もお目にかかった者は少なかろう」

「殿様はどのようなお方でございますか」

小籐次に藩主の青山下野守忠裕のことを尋ねられたお鈴は緊張していた。

小籐次が駿太郎を見た。代わりに答えよと小籐次の顔が言っていた。

「お鈴さん、家来でもない私がいうのも変ですが、お優しい殿様です。ましてお鈴さんの実家は篠山城下の古い旅籠《はたご》で篠山藩と深い関わりがございます。その上、青山の殿様のお城で行儀見習いをしているのです。もしお目にかかることがあったら、きっと声をかけて下さいますよ」

駿太郎がお鈴の緊張を解《ほぐ》した。

「駿太郎さんは殿様にお目にかかったことがあるのよね」

「ご領地篠山に亡き母上と父上の生地を訪ねるお許しを得るために、老中屋敷をお訪ね致しましたからお目にかかったことがございます」

お鈴がしばし考え、

「駿太郎さんがいっしょならば心強いわ」

と少し安心したという表情で呟いた。

小舟が隅田川の流れに乗ってゆっくりと下っていくと、右岸に浅草寺の五重塔が望めた。

「金竜山浅草寺ですよ、お鈴さん。江戸で一番知られた古いお寺さんです。正月がきたら皆でお参りにいきましょう。きっと多くの人出に驚かれますよ」

と駿太郎がお鈴に説明し、お鈴は小舟から浅草寺を見て、

「いっぱい屋敷やお店《たな》があって賑やかね」

「一番賑やかなのは日本橋界隈です。これから通りますからね」

と丁寧にお鈴に教えた。

なにしろ江戸へ着いて芝口橋の久慈屋で夕餉《ゆうげ》を馳走になり、深夜になって久慈屋の船で望外川荘に送られてきたのだ。お鈴は未だ芝口橋近辺以外、昼間の江戸のどこにも接していなかった。

「お鈴さん、幕府の御米蔵です」

こんどは大川沿いに無数に並んだ御米蔵の傍らを小舟が通り過ぎようとして、駿太郎が指さした。

「御米蔵がいくつ並んでいるの。どうしてこれだけの御米蔵が要るの」

とお鈴が聞いた。

「さあて、どうしてかな」

駿太郎も大川端にこれだけの御米蔵がなぜあるのかなど、考えたこともなかった。

「父上、どうして御米蔵があるのですか」

「駿太郎も知らぬか」

小籐次が応じて、

「お鈴さん、俗に三百諸侯というが大名家の他に幕府の所有地が各地にあるのは分かるな。幕府の直轄領で、平たく御領というがそこから採れる米が江戸へ送られてきてこの御米蔵に納められておるのだ。御米蔵の向こうに百軒あまりの札差なる商いをなす店がある。この札差にて米を金子《きんす》に換えて、幕臣らの扶持が支払われるのだ。一方、米は江戸百万余人の腹を満たすことになる。江戸ではさほど田圃《たんぼ》はない。じゃが、諸国から集まる米があるゆえに、裏長屋住まいの職人衆も米のめしを食することができる。ともあれ御米蔵は公儀がその年に得る年貢米の御蔵なのだ」

小籐次の説明にお鈴は分かったような、今一つ得心できないような顔をした。

「お鈴さん、江戸はそれほど広いのです。ゆっくりと見物して得心することです」

とおりょうが言い、

「はい。そう致します」

とお鈴は素直に応じた。

小舟は両国橋を潜《くぐ》ろうとしていた。

「お鈴さん、武蔵国と下総国《しもうさのくに》の二つを結ぶ橋だから、両国橋と呼ばれるのです。

夏の花火は江戸の名物で、今年の夏の花火には父上が関わられ、名人の花火を打ち上げて多くの見物客に喜ばれました。ああ、その折もそうでしたね、青山の殿様にお会いしました」

「おお、さようなこともあったな。名人俊吉が逝って半年近くか、われら一家の前にあれこれあったな」

久しぶりに江戸へ戻ってきた小籐次と駿太郎父子の話題はあちらこちらと飛び散り、お鈴には理解がつかないようだった。

「最前申しましたね、お鈴さん。わが君と駿太郎は、あれこれと頼まれごとをしたり、お節介をしたりして、世間に顔が広いのです。二人を理解するにはまだまだ月日がかかります」

とおりょうがお鈴に言った。

「あのう、おりょう様、お尋ねしてよろしいですか」

「なんでしょう」

「昨夜、久慈屋さんのところで夕餉を馳走になった折、店先にあった赤目様と駿太郎さんの人形を改めて見せていただきましたね。よく出来た人形と思いますが、江戸のお方は赤目様と駿太郎さんの紙人形にお賽銭《さいせん》を上げられるのですか」

「ああ、あの話ですか。なぜ江戸の方々が酔いどれ小籐次を崇めるか、長い話になりますよ。それはおいおい私がお話ししてさしあげます。なにしろ、久慈屋さんの店先で研ぎ場を設《しつら》えて、仕事をしているところに浄財が六百両も集まり、わが君はあっさりとその金子をお上の御救《おすくい》小屋に寄付されたこともありました。されど、こたびのようにわが亭主どのと駿太郎の人形に二百両もの金子が集められるなど努々《ゆめゆめ》考えもしませんでしたよ、お鈴さん。それほどわが君は、江戸では名を売ったお方です」

「江戸で名を売ったとな、それは虚名じゃぞ、おりょう。若い娘にさようなことをいうと本気にするではないか」

「おまえ様、私は真《まこと》のことを話しただけでございます」

「こたびの二百両も寄進なさるのですね」

お鈴が小籐次を見た。

「わしと駿太郎が汗して稼いだ金子ではなし、紙人形に上がった二百両はわれらと関わりがない金子じゃ」

と小籐次があっさりと言った。

しばし沈思していたお鈴が、

「私、江戸のことは一年も住めば、ああ、こういう都なのだ、と分かる気がします。でも、赤目小籐次様がどのようなお方か、分かる自信がありません」

お鈴の正直な感想に、
ふっふっふふ
とおりょうが嬉しそうに笑った。

「それでいいのよ、お鈴さん。このりょうも酔いどれ小籐次様のことが時々分からなくなりますからね」

「おりょう様でもそうですか、安心しました」

「お鈴さん、一つだけ言っておくことがあります。江戸で酔いどれ小籐次こと赤目小籐次を承知なれば、どのようなお方にお会いしようと怖いことはございませんよ」

とおりょうが言い切った。

いつしか駿太郎の漕ぐ小舟は日本橋川と呼ばれる短い流れに入っていた。

「お鈴さん、この川の両岸が江戸で一番賑やかな界隈です。前方を横切っている渡し船が鎧《よろい》ノ渡しです。いいですか、ここから流れは少し北側に蛇行します。正面は日本橋の魚市場、そして、ほら、これから潜る江戸橋の向こうに見えるのが東海道を始め、五街道の基となる日本橋ですよ。ね、大勢の人で込み合っているでしょう」

　と駿太郎が言ったとき、お鈴が、

「また富士山が見えたわ」

「そう、日本橋の向こうに公方《くぼう》様のお住まいの千代田のお城と雪をかぶった富士山が見えますよ」

　駿太郎の言葉に黙り込んで見ていたお鈴が、

「私、ほんとうに江戸へ来たんだわ」

　と呟いた。

　駿太郎の小舟は一石橋を潜った。

「父上、舟をどこへ着けましょう」

「真っすぐ進めば道三堀《どうさんぼり》か。小舟で入ったことはないが試してみようか」

　小籐次は、小舟を道三堀の銭瓶《ぜにかめ》橋へ進めよと駿太郎に命じた。

　この橋の傍らには北町奉行所があった。

　小籐次は南北両奉行所ともに知り合いといえた。

　銭瓶橋の橋番が小籐次を見て、会釈した。

「紙人形の功徳かのう。二百両余を町奉行所に浄財として渡したというで、どうやら仕事舟で道三堀に入れたわ」

「お鈴さん、御堀の両岸は譜代大名方のお屋敷ばかりですよ」

「駿太郎さん、篠山城の御堀が一番だと思っていたけど、江戸では大名屋敷がこれほど並んでいるのね」

「千代田城の近くには御三卿や徳川御一門とか老中職を務める大名家のお屋敷ばかりです。ふだん私たちには縁のないところです」

駿太郎が言いながら研ぎ舟に使う小舟を次の道三橋の下に入れた。

ここの橋番も小舟を見ていたが、あまりにも堂々としているせいか、あるいは赤目小籐次の顔を承知か、黙って通過させてくれた。

「ほう、これは便利かな」

と小籐次が満足げに呟き、

「ね、お鈴さん、天下の酔いどれ小籐次には怖いものなしでございましょう」

とおりょうが言った。

辰ノ口の橋が見えてきた。

ふつう町屋の船がこの内堀へと入り込むことはない。ここでは小籐次が、辰ノ

口の門番に、

「老中青山様のお屋敷に参りたいのじゃが」

と声をかけると、門番が小籐次の顔を見て、

「おお、酔いどれ様、江戸に戻られたか」

と応じて、こちらもあっさりと小舟を内堀へと入れてくれた。

「駿太郎さん、私たち、江戸のお城の御堀に入っているの」

「上様にお目にかかった折は徒歩でした。本日は特別ですね、お鈴さんが篠山から江戸へ訪ねて参られたのですからね」

駿太郎が驚きの表情で言った。

馬場先御門に男女二人の姿があって、手を振っていた。

「ああ、おしん従姉《あね》がいるわ」

お鈴は、おしんの姿を見て、ほっと安堵したように小舟から手を振り返した。

「お鈴、よう江戸に来ましたね。道中、赤目様ご一家のお世話が出来ましたか」

おしんは、まず従妹《いとこ》のお鈴に尋ねた。

「おしん従姉、三人とも旅慣れておいでです。鈴がなすほどのことはなにもございませんでした」

お鈴がすまなそうに言い訳した。

従姉妹同士の問答をよそに駿太郎が小舟を馬場先御門の船着場に着けた。

「お帰りなされ、赤目小籐次様、おりょう様」

中田新八が声を張り上げた。

「おお、中田新八どの、大名小路に入るのにいささかむさい小舟で参った」

「天下の酔いどれ様にしかできぬ行いですよ。まず開闢《かいびやく》以来の珍事かもしれませぬ」

「いや、そうではなかろう。それがしが老中青山様のお屋敷に参ると申した言葉が効いたとみゆる」

「どちらにしてもようご無事でお帰りになられました」

と小籐次に答えた新八が、

「おりょう様、篠山はいかがでしたか」

と問うた。

「篠山は私にとって初めての経験ばかり、すべてが珍しくも楽しゅうございました。格別に女衆《おんなし》にようして頂きました」

「なによりです。殿はそろそろ下城して参られます。赤目一家には必ず予が帰邸するまで待たせろ、とのお指図をして登城なされました」

新八がおりょうから小籐次に視線を移して言った。

「われらもなにより真っ先にな、殿にお礼を申し上げたかった」

小籐次の言葉にうんうん、と頷いた新八が、

「赤目小籐次様不在の江戸はやはり寂しゅうございますな。とは申せ、久慈屋では赤目小籐次様と駿太郎どのの人形がほんものの赤目様父子の留守番をしておりましたぞ」

「新八どの、あれにはびっくり仰天致したわ。まさか、紙人形のわれらが研ぎ仕事をしておるとはのう、夢にも考えなかったわ」

「洗い桶を賽銭箱がわりに二百両もの浄財が集まったそうな。殿が申しておられましたぞ、上様が、『さすがに酔いどれ爺よのう、留守にしておってもちゃんと父子で江戸の治安に睨みを利かせ、ついでに浄財まで稼ぎだしてくれた』と嬉しそうに話をなされたそうな。その上『もはや酔いどれ小籐次は、天下一の人気者、江戸へ戻ってきたら、下野、そちの城下でなにをなしたか、話をしに中奥に呼べ』と命じられたそうですぞ」

「なに、城にまた呼ばれておりまするか。爺はさような話芸を持っておりません

では、二度目となると、退屈なされましょう」

「ともかく、屋敷にお出で下され」

新八に言われて小籐次が船着場に上がってみると、石垣の上から西の丸下の大名家の家臣方が小籐次一行を覗き込み、

「おうおう、酔いどれ様が江戸へと戻って参ったわ」

とか、

「これで江戸に賑いが取り戻せよう」

などと言い合っていた。

「お城のおえら方が出来ぬことをこのおいぼれ爺ができるものか」

と思わず小籐次が洩らすと、新八が、

「いえ、千代田のお城では大真面目に赤目小籐次大明神にすがりたき幕閣方が数多《あまた》おられるとか」

「ご冗談もほどほどになされ、新八どの」

傍らではおしんとお鈴の従姉妹同士におりょうと駿太郎が加わり、船着場であれこれと話に花が咲いていた。

新八がそちらをちらりと見て、

「江戸の景気は決してよくございません。旅をなされた赤目様に申し上げるのもなんですが、在所はどちらも凶作続きで上様懸案の日光社参がまた延期になりました。世間では、家斉《いえなり》様の治世が長く続き過ぎたとの風聞がもはや止められぬほどにございましてな」

「新八どの、政《まつりごと》に爺侍はなんの知恵も持ち合わせておりませんぞ」

と小籐次が言い、ようやく女衆の話が一段落した様子に、一行は老中青山忠裕の屋敷へと向かった。

二

老中青山下野守忠裕の書院で、小籐次は下城してきたばかりの主と独りだけで面会した。

「殿、われら一家昨日、恙《つつが》なく帰着致しました。お陰様で駿太郎の実父実母の篠山藩時代の面影に接することができ、念願かなった駿太郎の喜びはもとよりのことわれら家族の絆も深まりましてございます。これも偏《ひとえ》に殿のお許しがあったればこそ、赤目小籐次感謝の言葉もございませぬ」

「うんうん、赤目家にとってよき旅であったか」
　忠裕が満足げに念押しした。
「生涯思い出に残る旅にございました」
　小籐次の言葉に頷いた忠裕は、
「小籐次、感謝せねばならぬのは予のほうではないか。城代家老小田切越中より
ぶ厚き書状が届き、『殿の意を受けた赤目小籐次の篠山訪問のお蔭で、われら篠
山藩家臣一同、怠慢なる奉公をとくと思い知らされてございます』との悔いやら
言い訳やらの文言が長々と連ねてあったわ。赤目一家の篠山滞在は、家臣一同は
もとより隣藩柏原《かいばら》藩織田家にもよきことであったらしく、城中で織田信憑《のぶより》どのよ
り丁重なる挨拶を受けたぞ」
「おお、織田様にはそれがしも感謝致しとうござる」
「なんと、柏原を訪ねて不逞の武芸者を斬り捨ててくれたそうじゃな」
「いやいや、柏原八幡宮の神域を血で汚し、柏原家中には多大なる迷惑をおかけ
致しました」
「いや、『赤目小籐次があの界隈を荒しおる腕自慢の馬鹿者武芸者を一撃のもと
に斬り捨てたうえに、柏原藩の手柄になされと藩に手引きしたそうな。さすがに

天下の赤目小籐次なり、また青山どのが酔いどれ小籐次を上手に使いおる』と織田どのより褒められたぞ、酔いどれ小籐次、そのほうのお蔭よ」

実際は柏原藩の好意で後始末をしてもらったのだが、江戸に来ていつの間にか話がすり替わっていた。

「いえいえ、柏原藩にも感謝以外言葉が見つかりませぬ。とくにおりょうにとって、柏原は歌人田《でん》ステ女《じょ》の生地とか、大層な喜びようにございました」

「おお、柏原は女歌人が生まれ育った地であったな」

「殿、それがし、『酒一升九月九日使い菊』なる句を覚えましたぞ」

「なに、ステ女にさような句があったか。予が知るは『雪の朝二の字二の字の下駄のあと』じゃのう。酒一升なる句は知らぬな」

「殿、もしご関心あらばおりょうに聞いて下され。それがしは、篠山の宝、『鼠《ねずみの》草紙《そうし》』の存在を初めて知りました。殿の御城下にもあれこれと宝物が眠ってございますな」

「なに、『鼠草紙』を見おったか。そのほうの口から『鼠草紙』の話が出ようとはな」

と忠裕が驚きの表情を見せた。

「いえ、正直に告白いたしますとな、見たのはおりょうだけで、それがしは拝見いたしておりませんでな、おりょうにいと愛らしい草紙の話を聞かされただけでございます。一方、おりょうは篠山滞在中、家臣方の内儀衆といっしょに『鼠草紙』の読み解きを行いましてな、帰路も時折、『鼠草紙』をそれがしに語り聞かせておりました。はあ、ところがこの爺には絵草紙の面白さがいま一つでございましてな、おりょうはそれがしの学識のなさに呆《あき》れておりましたな」

と小籐次が面目なさそうな顔で告白すると、

「はっはっはは」

と忠裕が大笑いした。

「殿までそうこの爺を蔑《さげす》まれますか」

「そうではないぞ。予も同じ宝を前にしてよさが分からなかったぞ。ここにもその値打ちが分からぬ者がいたわと、大いに安心したところじゃ」

「殿、おりょうにお尋ねなされ、一日でも講釈しておりますぞ」

「うんうん」

と満足げに頷いた忠裕が、

「小籐次、改めて礼を申す。予が帰国できず案じておった家臣の気を引き締める役目は、そのほうにしか出来ぬことであった。そなたの名を冠した剣術試合が毎年開かれることになったそうじゃな」

「殿、恐れ多きことでございます。わが名を冠する剣術試合は止めて頂くわけには参りませんか」

「できぬ相談じゃのう。どこの大名家に天下の酔いどれ小籐次の名を冠した剣術試合があるか。篠山藩だけじゃぞ」

うーむ
と小籐次が困った顔で唸った。

「そのほう、初回の剣術試合において上位二組に、なんと自ら研ぎ上げた古刀九振りだか十振りだかを贈ったそうじゃな。そなた、どのような手を使って、わが城下でさような古刀を得たな」

「それでございますよ。偶《たま》さか柏原城下から篠山に入った折に駿太郎が目ざとく研ぎ屋を眼にしましてな、それがしの刀の手入れをせんと覗いてみました」

と前置きした小籐次が研ぎ師次平との関わりを語り聞かせた。

「なに、わが城下にさような刀剣が眠っておったか」

「親父様の代までは刀研ぎもしていたようですが、当代の次平どのは親父が集めた刀、好きなように使いなされと言いますでな、いささか遊び心であのような真似を致しました」

「家臣の稲冨五郎佐《ごろうざ》、喜多谷六兵衛《きたがやろくのひょうえ》らから、そのほうの名を刻んだ古剣を頂戴したと喜びの書状が予のもとへいくつも届いておるわ」

「ほう、稲冨どのも喜んでくれましたか」

「喜んだどころではないわ。もはや酔いどれ小籐次の信徒じゃのう、あの文面は」

「いささか篠山城下を騒がせ過ぎましたかな」

「二人だけではないぞ、城代家老ばかりか、藩士ども多数が予に書状を寄せてな、そのほうとの付き合いを語り、赤目小籐次どのの教えに従い、『国許篠山城下に一片の気の緩みもなし、意気盛んなり』ゆえにご安心くだされと認《したた》めておったわ。予の代わりに小籐次、そなた一家を篠山に送り込んだ企ては、上々吉に終わったな。よいか、それがしは参勤下番《かばん》ができぬゆえ、一年に一度とはいわぬ、二、三年に一度篠山を訪ねてくれぬか」

「老中青山下野守忠裕様の代役をこの酔いどれが務めますか。しばし考える時をお貸し下され」

と願った小籐次が、

「殿のお耳に入れておきたい一事がございます」

と話柄《わへい》を変えた。

「なんじゃ、急に口調が変わりおったな」

忠裕の応答に頷いた小籐次は、

「駿太郎の実父須藤平八郎どのが殿の臣下であったことはご存じでございますな」

「おお、不思議な縁よのう。馬廻役須藤平八郎が駿太郎の父親であったとはな」

「いかにもさようでございます。須藤どのがそれがしと尋常勝負に及んだ折、自らの流儀を心地《しんち》流と名乗られました。されど篠山城下に心地流の道場はございませなんだ」

「心地流か、予にも覚えがないのう」

「殿がただ今お治めの篠山藩御領地は古《いにしえ》、戦国武将波多野氏が領地であったとか」

「おお、いかにもさようだ。されど須藤平八郎といかなる関わりを持つな」

「殿は城下外れの高城《たかしろ》山に八上《やかみ》城があったことはご存じですな」

「承知じゃ、されど予は八上城に参ったことがないな」

「須藤平八郎どのは波多野氏の一族の末裔《まつえい》にございましてな、八上城の城跡で心地流を修行したのでございますよ」

「なんと須藤は波多野氏の末裔であったか」

「それればかりではございませんぞ。須藤どのと同じく波多野一族の末裔方が今も古城の城跡で八上心地流の修行を積んでおられますのじゃ」

「小籐次、そなた、八上城址を訪ねたか」

「はい。駿太郎を伴い、二人だけで訪ねましてございます」

「そこで波多野氏の末裔が古流と思しき心地流の稽古を続けておったか」

　頷いた小籐次は、

「それがし、駿太郎に実父須藤平八郎どのがいかなる地で修行をしておったか、見せたかったのでございます」

「そのほう、波多野氏の末裔どもと立ち合ったか」

「いえ、それがしは手出し致しません。駿太郎と波多野氏の末裔の高山又次郎どのが立ち合いましてございます」

「なに、十二の駿太郎と波多野氏の末裔が立ち合ったというか。して、結末は」

「四半刻《しはんとき》（三十分）、両者は相正眼にて構え合い、一合も打ち合うことなく双方が木刀を引きましてございます。その折、高山どのが、『もはや駿太郎どのの剣術は八上心地流に非ず、育ての親の赤目小籐次様の来島《くるしま》水軍流と見ました』と洩らされました」

「なんと、わが領内に波多野氏の末裔どもが残っておったとは」

「殿、ここからが本日殿にお伝えしたき儀にございます」

「なんじゃ、小籐次」

「八上城址で連綿と稽古に励んできた武士方は、戦国武将波多野氏の末裔であると同時に青山一族に忠誠を誓う篠山藩士にございます。殿は、ご領地の中に秘められた戦国武将に連なる一団をお持ちの藩主にございます。もし万が一、青山家に危難が襲いし折、八上城址で稽古を続けてきた面々が先陣を切って、殿と篠山藩を守り抜くことはたしかにございます。この赤目小籐次が篠山で体験し、見聞したなかで、殿に一番お伝えしたかったことにございます」

青山忠裕はしばし沈黙した。

「赤目小籐次」

と呼びかけた忠裕の語調が変わっていた。

「差し出がましゅうございましたかな」

青山忠裕は無言を貫いた。

「わが旧藩、森藩は伊予の来島水軍で関ケ原の合戦の折は西軍に付き、豊後《ぶんご》の山奥へと追いやられました。波多野氏は戦国の世に一派を立てられず、末裔方が青山様の家臣として戦国の気風を残す剣術を守っておられます。高山どの方は、『篠山藩士として八上城址で修行をなすは不埒《ふらち》にございますか』と案じておりました」

「赤目小籐次、そのほう、なんと答えたな」

「藩主青山忠裕様にこのことを申し上げたら、忠裕様は『わが篠山藩に戦国武将波多野氏の気風が伝わっておるか』と必ずやお慶びになろうと申し上げました。殿のお考えと違いますかな」

「赤目小籐次め、予の心中まで察しおるわ」

と言った忠裕が、

「小籐次、まだ家臣どもや予に伝えるべき事があるやなしや」

と続けた。

「もはやございませぬ。ただ一条、よき旅であったことを殿に改めて付け加え、感謝申し上げとうございます」

　うむ、と忠裕が答え、

「駿太郎は、丹波、但馬《たじま》、摂津を支配した波多野氏の血を引き、来島水軍流の赤目小籐次に育てられたか」

「はい」

「予にとってもそなたの篠山行はよきことであったわ」

と忠裕が言い切った。だが小籐次は、そのあと、忠裕がなにかを言いかけて口を噤《つぐ》んだのを感じていた。


　暮れ六つ（午後六時）前、中田新八とおしんに見送られた小籐次らの小舟は、駿太郎の櫓さばきで馬場先堀から道三堀へと向かった。

　緊張がようやくほぐれたか、お鈴が思わず吐息を洩らした。

「お鈴さんや、どうであったな、青山の殿様は」

「篠山城の奥で噂に聞く殿様は、もっと気難しいお方かと思うておりました」

「江戸で拝謁した殿は違うたか」

「全く違うお方にございました。私、殿様があのようにお笑いになるとは思いもかけないことでした」

お鈴の正直な感想であったろう。

「おまえ様、殿様と長いこと二人でなにを話して参られました」

「おりょう、それはな、男同士の内緒ごとよ、話せるものか」

「なんとまあ、確か篠山で駿太郎と二人で遠出した折もさような言葉を発せられませんでしたか」

「言うたかのう、覚えがないのう」

と小籐次が答え、おりょうが、

「お鈴さん、お二人の内緒ごとに殿様はご満足なのです、ためににこやかな笑顔を見せられたのですよ」

「まさか殿様から直に、『そのほう、河原町《かわらまち》の旅籠河原篠山の娘か』と質《ただ》されるとは思いませんでした。びっくり仰天してなんとお答えしてよいかわからぬとき、駿太郎様が、『殿様、いかにもさようです。また殿様のお城でお鈴さんは行儀見習いをしております』と私の代わりに答えてくれましたので、助かりました」

とお鈴が言った。

「おりょう、そなたらは奥方様を交えて話が弾んだようだな」

「あれこれと奥方様が篠山のことをお尋ねになりますので、知り得るかぎりのことをお答え致しました。奥方様は、篠山をご存じないそうですね」

「大名家の正室や嫡男は、江戸藩邸におるのが公儀の決めごとゆえな、われらのように勝手気ままに旅ができぬのだ」

とだけ小籐次は答えた。

「私、大名家の奥方でのうてようございました」

「研ぎ屋の女房でよいか、おりょう」

「はい」

とおりょうが返事をした。

「殿がのう、予は篠山に帰れぬゆえ、わしの代わりに時折篠山を訪ねてくれと申されたぞ。それがし、研ぎ仕事もあるでな、そうそう篠山には行けぬ」

「とお答えになられましたか」

「おりょう、さすがにそうは言えぬわ。殿は、一年に一度とはいわぬ、二、三年に一度篠山に行ってくれと願われた」

「それはようございますね。おしん従姉も次は赤目様とごいっしょしますと、何度も繰り返しておりました」

お鈴の言葉に頷いた小籐次が、

「われらの篠山への旅、これにて落着致したな」

としみじみと言った。

「父上が剣術試合のことを申し上げられたので、殿様は私のことまで口にされました」

「駿太郎、稲富どのや喜多谷どのらがな、書状を殿に宛てて認められたようで、わしが話す前にようご承知であったぞ。どうやら、次平どのの研ぎ場に残っていた古剣の褒賞が嬉しかった、名誉じゃと書かれていた由《よし》じゃ。次平どのに礼状を書かぬといかぬな」

と小籐次は駿太郎に答えた。

「母上は、奥方様に『鼠草紙』を読み聞かせる催しを望外川荘でなさることになりました。奥方様はお屋敷を出てもよろしいのですよね」

「江戸の内にあるならば差し障りはなかろう」

と小籐次がおりょうを見た。

「安請け合いしたわけではございませんが、奥方様のあまりにも篠山のことをお知りになりたいご様子に、つい駿太郎が申したような約定《やくじょう》をしてしまいました」

「なんぞ、差し障りがあるか」

「差し障りはございません。されど『鼠草紙』は絵巻物のお伽草紙です。私、篠山で『鼠草紙』の物語は写して参りましたが、絵はございません。あのお伽草紙の面白さは絵があるところにございます」

「であろうな」

としばし小籐次は沈思した。

駿太郎が漕ぐ小舟はいつしか道三堀の最後の橋、銭瓶橋を潜り、一石橋へと向かっていた。

神無月の黄昏どきであった。

「まあ、美しい」

一石橋下から見る日本橋に大勢の人や駕籠《かご》や大八車が往来し、日没後にもかかわらず賑やかな光景に、思わずお鈴が嘆声を洩らした。

「お鈴さん、私もかような刻限に日本橋の賑わいを見たことはありません。京の鴨川に架かる三条や四条の橋もようございますが、水上から見る風景は江戸ならではのものですね」

「おお、わしも長年生きておるが、かような景色を望んだことはないな」

「母上、父上、お鈴さんを江戸の町が歓迎しているのでございますよ」

「ええ、そうでした。お鈴さん、ゆっくりと目に焼き付けて下さいな」

とおりょうがいうところに、

「おおっ、酔いどれ小籐次様一家じゃないか。いつ江戸へ戻ったんだよ」

と橋の上から声がかかった。

職人風の男に小籐次は覚えがない。

「昨日、戻って参ったでな、さるところにご挨拶に伺ったところじゃ。明日から芝口橋際の久慈屋さんで研ぎ屋を開くでな、その節は宜《よろ》しく頼もう」

「承知したぜ。ということはよ、あの紙人形は久慈屋の奥にお引き取り願ったのかえ」

「さあてのう。そこまではわしは知らぬ。ともあれ、宜しゅうお付き合い願おう」

「任しときな」

「おりゃ、賽銭上げたからな、御利益頼むぜ」

などと声が飛ぶ日本橋の下に小舟が入り、

「驚きました。赤目様は真に江戸で知られたお方なんですね」

とお鈴が改めて驚きの言葉を口にした。

三

二日後のことだ。

小籐次と駿太郎は、朝稽古を軽く庭でしたのち、小舟に研ぎ道具を積んで、お鈴やお梅、二匹の犬に見送られて望外川荘の湧水池の船着場を離れた。

「お鈴さん、今日はゆっくりと体と足を休めて下さい。旅の疲れが出てもいけません」

との駿太郎の声に、

「おりょう様といっしょに過ごします」

とお鈴が応じた。

丹波篠山から長旅してきたのだ。

その上、一昨日は、幕府の老中を二十年余も務める藩主青山忠裕に老中屋敷で面会していた。旅の疲れに加えて気疲れがあったとしても不思議ではない。

「江戸見物はいつでもできますからね」

という駿太郎の声が段々と遠のき、湧水池の水路から隅田川へと消えていった。駿太郎は小舟を流れに乗せて櫓を巧みに漕いでいくので、小舟はぐんぐんと進んだ。

小籐次は今回の旅で駿太郎の背丈が伸びると同時に足腰が一段としっかりとして、実父の須藤平八郎を思わせる体付きになっていることを見てとっていた。

「父上、研ぎ仕事は篠山の次平さんのところでやらせてもらって以来ですね」

「おお、あれこれあって一月以上は研ぎ仕事をしておらぬな」

「手先が研ぎを忘れているのではございませんか」

「そうじゃな、微妙な加減を思い出すのに少し時を要するかもしれぬが、研ぎ出せば五官が思い出させてくれよう。とはいえ、久しぶりの研ぎ場開き、大勢の方々が押しかけてくるのではないか」

「仕事にはなりませぬか」

「仕事の手を休めて応対せねばならぬお方はおられまい。ともかく今年も残り二月余りだ、稼がぬとな」

「はい」

話し合いながらも駿太郎の視線は大川の流れを往来する大小の荷船や筏《いかだ》を注視

していて、その間にも体は櫓を操ってゆく。

渡し船や荷船から、酔いどれ小籐次と駿太郎父子に気付いた江戸の人々が、

「おーい、酔いどれ様よ、江戸を不在にして長かったな、旅に出ていたってな」

「おう、いささか事情があってな、丹波篠山にお邪魔をしていたわ」

「駿太郎さんよ、体が大きくなったのではないか」

「はい、背丈が伸びました」

「もはや酔いどれ様の背丈を超えたか」

「はい、でも剣術も研ぎ仕事も父上には敵《かな》いません」

「そりゃ、無理だ。おまえさんのお父つぁんは天下一の武芸者だ。ともあれおまえさん方親子が江戸に帰ってきたのはうれしいぜ」

と行合う船頭衆と言葉を交わしあった。

小舟は一気に大川を下り、江戸の内海に入っていこうとしていた。

小籐次は小舟の中で桶の水に浸した砥石の手入れをしていたが、大川と内海が合流する直前に駿太郎の櫓に手を添えて、父子二人で複雑な波が立つ流れを乗り切ろうとした。

鉄砲洲と佃島を結ぶ渡し船には大勢の乗合客がいた。が、ここでも赤目父子の

小舟に気付き、

「久しぶりだな、赤目様よ」

　と渡し船の船頭が声を張り上げた。

「勇助どの、息災であったか」

「体だけは元気だな。だがよ、おまえ様のように江戸を留守にしていても二百両なんて賽銭を集めるようなことはできぬな」

「あの金子はわしのものではないわ。江戸の方々のお気持ちは町奉行所に届けられ、浄財として使われるのだ」

「なに、酔いどれ様の銭と違うか」

「長旅をしてきたでわが家は蓄えを使い果たしておる。ゆえに今日から稼ぎに参る」

「おまえさんに似せた人形が二百両もの大金を集めたのだ。本人が戻ってきたのなら、紙人形の何倍も銭が集まらぬか」

「銭が貯まっては腹冷えしようぞ。日々暮らしていける銭さえあれば、よしとしなければなるまいて」

「おお、全くだ。旅はどうだったね」

「よい旅であったな」

「なによりなにより、酔いどれ様のいねえ江戸は寂しいからね」

築地川に入り、小舟は揺れが収まった。

「父上、久慈屋さんの前に新兵衛さんの長屋に立ち寄っていきますか」

「久慈屋さんには三日前、顔合わせしたでな、新兵衛長屋に挨拶をしておこうか」

駿太郎は芝口新町の堀留に小舟を入れた。

刻限は四つ（午前十時）過ぎだろう。

堀留の石垣に小舟を横付けすると、紅葉した葉っぱが何枚か残った柿の木の下で新兵衛が研ぎ仕事をしていた。

「新兵衛さん、ご精がでますな」

と小籐次が声をかけると、新兵衛が声の主を振り向き、

「何奴か、お庭の裏口に舟などつけおって、怪しげな爺よのう。不逞など働かんと考えておるならば、赤目小籐次、許しはせぬぞ」

研ぎ場の筵《むしろ》に置かれた木刀に手をかけた。

「あいや、それがし、怪しい者ではござらぬ。赤目こ」

と言いかけた小籐次は、新兵衛が赤目小籐次になりきっていることを思い出した。

「もとい、そなた様と同業の研ぎ屋の爺でございましてな」

と言葉を返すと、厠《かわや》から版木職人の勝五郎が飛び出してきて、

「ちくしょう、やっと挨拶にきやがったな。酔いどれ様よ。おめえさんがいねえからよ、こちとらはおまんまの食いあげだ。篠山でよ、なんぞおもしろい話が二つ三つくらいあったろうな」

と叫んだ。

その声に長屋じゅうから住人が出てきて、

「お帰りなさい、酔いどれ様」

と口々に言い、

「駿太郎さん、一段と大きくなったね、うちの保吉《やすきち》と背丈が比べようもないよ」

とおきみが言って出迎えてくれた。そこへ声を聞きつけた桂三郎とお麻夫婦に一人娘のお夕が長屋のどぶ板を鳴らして裏庭に姿を見せた。

「お夕姉ちゃん、三日前、戻ってきました」

「駿太郎さん、また大きくなったわね」

とお夕が眩しそうに駿太郎を見た。

「お長屋のご一統、赤目小籐次、おりょう、駿太郎の三人は、篠山に参り、無事帰着致した。手土産の一つでもと思うたがなにしろ京よりも先の篠山城下まで女連れの旅だ。手ぶらで帰ってきた、お許しあれ。その代わり、落ち着いた時分に酒と肴はわしが用意するでな、一献傾けて旅の話をしよう」

「酔いどれの旦那よ、そう気を使うこともないやな、酒はないことはない」

と勝五郎が言った。

「そうか、酒はござるか」

「おめえさんの部屋に四斗樽《しとだる》が鎮座ましましてな、おめえさんの帰りをお待ちだ」

「ほう、どこから届いたかのう」

「さすがに酔いどれ小籐次だね、天下の老中青山の殿様から丹波篠山の酒が届けられておるのだ、十数日前のことかね」

「なんと、青山の殿様に気を使わせたか」

「こりゃ、なんぞ篠山であったなって、空蔵《そらぞう》が手ぐすね引いて待っているぜ」

と勝五郎が言った。

「勝五郎さん、長屋にお変わりはないかな」

「ねえな、赤目小籐次がいない新兵衛長屋だ、変わるわけもなかろう」

と言った勝五郎の袖を女房のおきみが引いて、

「うちの長屋にはないけどさ、お麻さんが差配している別の長屋に化粧っけのある姉妹が引っ越してきたじゃないか。あちらは若い姉妹が引っ越してきたてんで、長屋じゅうの男どもが浮き立っているんだよ」

とお麻の顔色を窺いながら説明し、

「なに、若い娘の住人な、それは華やかでよかろう」

「酔いどれ様、そんな呑気《のんき》なことを言っていいのか、あの姉妹なんぞにちょっかい出すと、懐に匕首《あいくち》を呑んだ怖いお兄《あに》いさんが出てくるぜ」

と勝五郎が言い足した。

「お麻さん、面倒が起こっておるのかな」

「いえ、ただ今のところさようなことはございません。なにしろ綺麗な顔立ちの姉と妹なんで、あちらの長屋の住人がちょっとばかり落ちつかないのです」

「珍しいな、久慈屋の長屋にさような若い姉妹とは」

「久慈屋の大番頭さんがよんどころない知り合いに頼まれたとか、なんとなくこの界隈の裏長屋の住人としては似つかわしくないのです」

　とお麻が言い訳するように言った。

「騒ぎがないのならば、そう目くじらを立てることもあるまい」

「酔いどれ様よ、あの二人に会ってからその言葉が吐けるかえ。なんとも妙に妖しげな美しさなんだよ」

「おまえさん、やに下がっているよ」

　おきみに勝五郎が怒鳴られた。

「まあ、その程度の変わりようなれば、平穏無事であったというてよかろう。篠山藩から届いた四斗樽を拝見していこうか」

　小籐次は久しぶりに己の部屋の腰高障子を開けた。すると長屋の住人が風を時折入れてくれていたらしい九尺二間の板の間に、でんと丹波篠山の四斗樽が置かれてあった。

（老中がかように細やかな気遣いをなすものか）

　と小籐次は胸中にいささか異を覚えた。そして、土間に上がることなく裏庭へと戻った。

　すると新兵衛がなぜか小舟に乗り込んでいて、お夕が、

「爺ちゃん、この舟は赤目様と駿太郎さんの仕事舟よ、上がってきて」

と困った顔で諭すように訴えていた。

どうやら新兵衛は、小籐次と駿太郎父子に注目が集まり、ないがしろにされたと思い、すねたようだ。

「娘、いかにもこの舟はわしの仕事舟である。わしの舟にわしが乗ってなぜ悪い」

と孫娘のお夕を見上げて平然としていた。

「赤目様、そなた様は天下一の武芸者、さようなむさい仕事舟にお乗りになるのはふさわしくございませんぞ」

と事情を察した小籐次が言葉をかけた。

「おお、いかにも赤目小籐次は天下一の武芸者じゃ」

「で、ございましょう」

「かようなむさい舟に乗ってはならぬか」

「なりませぬ」

「ならば屋形船を堀に入れよ」

「この堀留には屋形船は入りませぬ。ただ今お駕籠が参りますで、まずはお庭へお上がり下され」

そう言った小籐次がひょいと小舟に飛び下り、

「駿太郎、赤目小籐次様のお手を引いてくれぬか」

と新兵衛の体を両手に抱えて持ち上げると、その体が宙に浮き、駿太郎と桂三郎が両腕をとって庭に上げた。

「桂三郎さんや、この数日で、いつもの暮らしに戻そうと思う。そのあと、長屋のご一統と旅の話でもしようか」

と願い、駿太郎がお夕に新兵衛を渡した。

「駿太郎さん方は今日から久慈屋さんの店先で働くの」

「そうするつもりです」

駿太郎がお夕に答えて、こちらも軽やかに石垣から小舟に飛び下りると、石垣を両手で押して棹《さお》を摑んだ。

一方お鈴はお梅に連れられて、望外川荘から小梅村を横切り、源森川《げんもり》に向かった。小梅瓦町ではあちらこちらから煙が上がっていた。

「お梅さん、なにを焼いているの」

「屋根瓦を焼く窯元がこの界隈にはたくさんあるの。江戸の武家屋敷や大店は瓦葺きの屋根が多いけど、これから向かう本所や深川の長屋には板屋根がまだたくさんあるのよ。篠山はどんな屋根なの、瓦、それとも板屋根」

「望外川荘と同じように茅葺き屋根が多いわ。そうなの、この煙は瓦を焼いているんだ」

「お鈴さん、江戸といってもお城近くと違い、こちらはひなびた在所よね、がっかりしたんじゃない」

「お梅さん、私、一昨日訪ねた老中屋敷になど住めないわ。望外川荘のほうがずっといいわ」

「それならいいけど」

と言ったお梅が、

「これから行く横川沿いに魚屋があるの。今日は旦那様も駿太郎さんも暮れ六つ過ぎには戻ってみえるから、買い物に行きましょう」

と言ったお梅が、

「お鈴さん、江戸でどこか見たい」

「一昨日、お屋敷に行ったでしょ。あとはどこを訪ねていいか、まだなにも分からないわ」

二人はいつしか源森川と横川を結ぶ辺りに架かった業平橋に着いていた。

「赤目様とおりょう様はどうして望外川荘なんて広いお屋敷に住んでおられるのかしら」

お鈴は小籐次とおりょうの暮らしぶりを不思議に思ったようだ。

「旦那様と駿太郎さんの仕事は研ぎ仕事、包丁一本研いで四十文とか六十文、しばしばお代を貰わないこともあるそうよ」

「でも、江戸を留守にしている間に赤目様と駿太郎さんの紙人形に何百両ものお賽銭が上がったと久慈屋さんで聞いたけど」

「私は見に行けなかったけど、そうらしいわね」

とお梅も首を捻《ひね》った。

「赤目様とおりょう様は、きっと大金持ちなんだ」

「お鈴さんはいっしょに旅をしてきたんでしょう。ご一家が大金持ちだと思ったの」

しばし考えたお鈴が首を横に振った。

「分限者《ぶげんしゃ》がどんな旅をするのか知らないけれど、うちの実家の旅籠のお客様より慎ましやかよ。それでいて大きなお屋敷に住み、一本の包丁を研いで四十文の稼ぎ仕事に出ておられる」

「不思議でしょ。私だってどうしたらこういう暮らしができるのか分からないもの。旦那様もおりょう様もあまりお金に拘《こだわ》ってないのよ」

「そうよね」

「お鈴さん、江戸の人間だって老中様のお屋敷をいきなり訪ねてお会いするなんてことはできないわ。篠山の旅に出られる前には、公方様にも呼ばれてお城にお上がりになったの。こんな夫婦は篠山におられるかしら」

お梅が話柄を変えた。

「とんでもない」

とお鈴が首を激しく横に振り、

「江戸にも赤目小籐次様とおりょう様夫婦の一組しかいないことは確かね」

とお梅が言い切った。

小籐次と駿太郎は久しぶりに久慈屋の店先に研ぎ場を設けて、研ぎ仕事を始めた。

久慈屋の道具は、小籐次と駿太郎父子が研ぐようになってそれなりの月日が過ぎていた。それが秋から冬にかけて四月近くも江戸を留守にしたのだ。久慈屋だけでも研ぎが要る道具が十分に溜まっていた。

「父上、私が下地研ぎを致します」

「よかろう、仕上げをわしがいたそうか」

冬の穏やかな陽射しが研ぎ場に落ちていた。

父と子の二人は、たちまち研ぎ仕事に没頭していった。

その姿を久慈屋の八代目の昌右衛門《まさえもん》と大番頭の観右衛門《かんえもん》が満足げな眼差しで見詰めていた。

「旦那様、やはり紙の小籐次人形と駿太郎人形はほんものには敵いませんな。二人の背中を見ていると、なんとも言えぬ安堵感というか、落ち着いた気持ちになりますでな」

「これでこそ久慈屋の店先です」

と若い昌右衛門がいうところに奥から隠居の五十六《いそろく》も出てきて、

「ほうほう、よき眺めですな」

と微笑《ほほえ》みの顔で洩らした。

五十六は愛宕権現裏そばの神谷町に設けた隠居所に移るつもりだったが、小籐次一家が旅に出たあと、秋口に体調を崩した。そこで芝口橋の店から隠居所に引っ越すのを来春まで先延ばしにしていた。

「江戸広しといえども天下の赤目小籐次、駿太郎親子の生きた看板はうちだけでございましょう」

「ご隠居、他の大店がどのようになさろうと、うちのこの親子看板には太刀打ちできますまい。山なれば富士、白酒なれば豊島屋、生きた看板は久慈屋につきますでな」

と観右衛門が満足げに言い切った。

四

「赤目様、昼餉の刻限ですがな」

と観右衛門の声がして小籐次と駿太郎は、はっ、とした。

「今朝、仕事始めが遅かったで、刻限を忘れておった。大番頭どの、われら、どれほど働いたかのう」

小籐次はそう尋ね返しながら、駿太郎が粗研ぎし、小籐次が仕上げ研ぎをした道具の数を見た。未だ三つしかできていない。よく見ると小籐次の傍らには駿太郎が下地研ぎを終えたものが三つほどあった。

「九つ半（午後一時）ですよ」

「となると一刻（二時間）しか働いておらぬか」

観右衛門が刻限を告げ、小籐次が応じた。駿太郎が、

「父上、このまま研ぎを続けましょうか」

と提案した。すると観右衛門に、

「それはいけませんな。久しぶりの仕事です、体と手先が慣れるまでゆっくりと感じを取り戻すのが大事ですぞ。赤目様は別にして、駿太郎さんは未だ研ぎ仕事の経験が浅うございます、無理をしてはなりません」

と注意を受け、

「駿太郎、四半刻ほど休みをとろうか」

と小籐次はその言葉を聞くことにした。

台所では野菜の具が入った蕎麦《そば》と鶏肉を炊き込んだ握りめしが膳に用意されていた。

「わあっ、美味《おい》しそうですね、おまつさん」

駿太郎が久慈屋の台所の女衆の頭分おまつに言った。もはや男衆《おとこし》の昼餉は済んだとみえて女衆が食していた。

「駿太郎さん、旅では美味しい食べ物があったろうに」

「土地土地で珍しいものを食べました。でも、蕎麦は江戸が一番美味しいです」

「なに、蕎麦は江戸が美味《うま》いかね」

「はい、江戸を離れるとうどんや団子を入れた汁が多くなります」

「甲州から来た人に聞いたことがあるな、ほうとうとかいう小麦団子を入れた食いものが名物とか。在所在所で違うな。おりょう様も元気かね」

「はい、母上は、篠山も柏原も大変気に入ったようでした」

「江戸育ちのおりょう様がそれなればなによりの旅だね」

「はい」

と膳についた駿太郎が合掌して、

「頂戴します」

と箸をとり、温かい蕎麦を食して、

「やっぱり蕎麦はおまつさんの出汁《だし》加減が一番です」

「おやおや、旅をしてくると口まで上手になってきたよ」

おまつが笑みの顔で言った。そして、

「聞いていいかね、駿太郎さん」

「おまつさん、なんなりと」

「実のおっ母さんの墓参りをしてきたかね」

「はい、お寺さんでお経を和尚さんに上げてもらいました」

「それはよかったね」

「母上の乳母の方は一年ほど前に亡くなっておられましたが、仲のよい従妹のうねさんから、母上のことをあれこれと聞かされました」

「それはよい旅だったね、赤目様よ」

おまつが話の相手を小籐次に転じた。

「うむ、この旅を終えてようやくそれがしは駿太郎の父親に、おりょうは母親になった実感を得られた」

「酔いどれ様、とっくの昔から酔いどれ様とおりょう様は、駿太郎さんの実の親御以上に親御さんでしたよ。でも、なによりの供養旅ができてよかったな」

おまつを始め、女衆もほっと安心し、得心した。

「帰りには篠山からお鈴さんがいっしょに江戸まで旅をしてくれました。青山の殿様の城下にある古い旅籠の娘さんで、ただ今はお城で行儀見習いをしておられます」

「おお、赤目様一行が久慈屋に戻りついたとき、ちらりとお見かけしたよ。今日は望外川荘におられるかね」

「一昨日、青山の殿様に挨拶に、私どもといっしょに老中屋敷を訪ねました。旅疲れと気疲れが重なって体を壊してもいけないからと、しばらくは留守番です」

「うんうん、おりょう様といっしょなれば退屈もしないだろう」

観右衛門と小籐次はおまつと駿太郎の会話を聞きながら蕎麦と握りめしを食した。

「われらの身代わりの紙人形はどうなされたな、大番頭どの」

「蔵の中に大事に仕舞いましてな、またの出番を待つことになっておりますよ」

「なに、われら、どこぞに長旅をする機会が生じるか」

「赤目様のことです。なにが起こっても不思議ではございませんでな」

観右衛門が茶を喫しながら笑った。

「こたびは格別な旅であったがな、もはやそれも無事済んだ。あるとしたら」

と小籐次が不意に口を閉じ、

「御用旅ですな」

　と観右衛門が言った。

「大番頭どの、それがし、研ぎ屋爺じゃ。さよう働かされても生計《たつき》に差し障りが生じるでな」

「まずは江戸の方々が赤目様の帰りをお待ちですからな」

「江戸の方々と申されると読売屋の空蔵さんのことか」

「空蔵さんは日参です。おそらく本日も顔を見せられましょう」

「空蔵さんとは帰ってきた日に会ったがな」

「あれは挨拶、本日は仕事の話でしょうな」

　観右衛門の話を聞いた小籐次が、

「駿太郎、昼餉を食し終えたか、読売屋に邪魔されぬうちに仕事に戻るぞ」

「はい、お腹がいっぱいになりましたから、大丈夫です」

　と言った駿太郎が膳を片付け、

「ご馳走さまでした」

　と女衆に礼を述べた。

小籐次が店に戻ると上がり框《かまち》に読売屋の空蔵が座り、
ぷかりぷかり
と煙管《キセル》を吹かしていた。

（うーむ、早来ておるか）

と空蔵の背を見た。

だが、空蔵は小籐次らが店に戻ってきたのに気付いているにもかかわらず、素知らぬ構えで煙草を吸っている。

「空蔵さんだ」

駿太郎が声をかけ、ようやく悠然と振り返った。

「おお、酔いどれ様にご嫡男様か、旅の疲れはとれましたかな」

「旅の疲れじゃと、それよりも仕事に戻らぬとわが暮らしが立たぬでな、忙しいことよ」

「というて馴染みの空蔵に少々話をするくらいの義理はありましょうが」

「義理じゃと。なんぞ借りがあったか」

「おや、言いますな。酔いどれ小籐次一家が江戸を留守にした間、久慈屋では紙人形を拵《こしら》えて、ほんものの酔いどれ様と駿太郎さんの代わりにその研ぎ場に据えられた。すると、どうだ、芝口橋を往来する方々が酔いどれ人形に功徳を願って賽銭を上げ始めた」

「さような話は帰ってきた日に久慈屋さん方からお聞きしたで、承知じゃ」

「おお、そうかえ。だがな、この紙人形の功徳をおれの読売が大々的に江戸じゅうに売り込んだからよ、二百両を超える賽銭が集まったんだろうが」

「ほら蔵さんや、久慈屋さんが紙人形を拵えたのは芝口橋を往来する人々への思いやりじゃ。そのほうが読売に書くのは、商いではないか。それを義理と言いはるか」

「だからよ、そこは酔いどれ小籐次とこのほら蔵の間柄だろうが。助けたり助けられたりさ。旅の話を小出しにするくらいなんでもあるまい」

ううーん

と唸った小籐次は思案した。

「よかろう」

「話すか」

「わしは研ぎ仕事がある」

「な、なに、話せぬというか」

「そのほうの申すことも一理ある。なにしろ浄財が二百両ほど町奉行所に届けられたのだからな」

「そうこなくちゃ」

「空蔵さんよ、筋違御門そばの八辻原《やつじがはら》に面して篠山藩江戸藩邸がある。ここにな、おしんさんと申される女衆がおられる」

「皆までいうな。おりゃ、おしんさんはとくと承知だ」

「ならば、おしんさんに会い、われらが篠山にいた間の行状《ぎょうじょう》を聞け」

「おしんさんもいっしょに篠山に行ったのか」

「いや、篠山でのわれらの行状は青山の殿様もおしんさんも逐一、篠山からの知らせで承知じゃ。ゆえにおしんさんに聞くのがわしに聞くより早道の上、詳しいぞ」

「おい、酔いどれ様、相手は老中様だぞ。読売屋のおれに会ってくれようか」

「だれが老中にお会いしろと申した。おしんさんに尋ねよというただけだ。老中の青山様は西の丸下の老中屋敷におられるわ。そなたが訪ねるのは八辻原の江戸藩邸のおしんさんじゃ」

「おしんさんはほんとうにすべて承知だな」

「江戸におりながらなんでも承知じゃ」

と小籐次は答えた。

手にしていた煙管の灰を煙草盆の灰吹きに落とした空蔵が煙管を仕舞い、腕組みして押し黙った。そして、おしんに会えれば小籐次に聞くより手っ取り早いと考えたか、

「よかろう、赤目小籐次と手打ちがなった」

と言い残すと久慈屋の帳場に一礼して出ていった。

「うまいこと、おしんさんに下駄を預けられましたな」

と話を聞いていた観右衛門が小籐次に笑顔を向けた。

駿太郎はすでに研ぎ仕事を始めていた。

「これで仕事に専念できますな」

小籐次はおしんに厄介をかけることになったかなと思いつつも、おしんとてただの篠山藩の女奉公人ではない。手練《てだ》れの女密偵だ。篠山藩と老中青山忠裕の利になる話を巧みに織り込んで空蔵に説明しようと考え直した。

小籐次が駿太郎の隣りの研ぎ場に座り、仕事を再開したのは八つ（午後二時）

前の刻限だ。

本式に父子は研ぎに熱中した。

小籐次は久慈屋の特殊な刃物や鋏類に仕上げ砥をかけながら、次平と二人して古剣に研ぎをかけた日々を思い出していた。

ゆっくりと陽射しが西に傾いていく。

不意に父子の前に人影が立った。

小籐次は着流しの裾を見て、南町奉行所定廻《じょうまわ》り同心の近藤精兵衛だと気付いた。

ということは後ろに控えるのは難波橋《なにわばし》の秀次親分と手下たちだ。

「お帰りなされ」

と声がして小籐次が顔を上げた。

「近藤どの、永の留守を致した。貧乏人の節季働きではないが、留守をした分を取り戻そうと駿太郎と二人、せっせと働いておる」

と遠回しに御用の筋は御免蒙《こうむ》ろうと言った。

「赤目様、一昨日は老中青山様のお屋敷にご挨拶に参られたそうですね」

秀次が言い出した。

「篠山ではいかい世話になったでな、ご挨拶に参った」

「とは申せ、並みの人間にできるこっちゃございませんぜ。老中様に直にお目にかかるなんてね、さすがは天下の酔いどれ小籐次様ですよ」

「秀次親分、世辞を言いに参られたか」

「赤目様がね、留守をなさった間の江戸の動きにも関心がおありかと存じましてね、こうして近藤の旦那とご挨拶に伺ったのですが、久慈屋さんの手入れのいる道具もだいぶ溜まっているようだし、また出直してきましょうかね、近藤の旦那」

秀次が近藤を見た。

「父上、しばし休息代わりにお二人の話を聞かれてはいかがですか。その間、私が仕事をしております」

駿太郎が言い出した。

「えっ、駿太郎さん、いいのかえ。ちょっとの間、親父様をお借りしてよいか」

秀次が駿太郎に言い、駿太郎が頷いた。

一難去ってまた一難か、と思いながら黙って研ぎ場に立ち上がり、前掛けを外した。すると、観右衛門が、

「いちばん奥の店座敷なれば、だれにも話は聞かれませんからな」

と小籐次に言った。

「暫時《ざんじ》お借り致す」

小籐次ら三人が店の奥へと姿を消し、近藤の小者と秀次の手下たちが上がり框に座した。

久慈屋は紙の小売りはせず寺社や大名屋敷、直参旗本などに大口で納めたり、小売りにおろす商いだ。奉公人の大半は外回りをしたり、大量の紙類を船や大八車で運んで納めたりしている。ゆえに広い土間に数人の男たちが腰を下ろしていても客で込み合うわけではなし、差し障りはない。

駿太郎は父親が店座敷に去ったあと、再び神経を集中して研ぎ仕事に戻った。


小籐次は手あぶりの入った店座敷で近藤精兵衛と秀次親分と対面していた。会釈をしたおやえが三人に茶菓を供し、御用話とみて早々に立ち去っていった。

「なんぞござったか」

茶碗を手にした小籐次が二人に尋ねた。

近藤は迂遠に旅の話を聞きそうな様子と感じられたので、小籐次のほうから本論に入るように差し向けた。

「赤目どの、つい先月のことでござる。上様の念願の日光社参が再び延期になりましてな、その曰《いわ》くは諸国凶作のために治安が乱れ、打ちこわしや強訴《ごうそ》が頻発しておるからとのことでござる。赤目様の旅ではかような治安の乱れは見聞なされませんでしたかな」

「われらが参ったのは老中青山様のご城下ゆえ、さようなことは見受けられませんでしたがな、隣国但馬で幕府直轄の代官領の百姓衆が強訴をしたという風聞には接しておる」

小籐次の返答に頷いた近藤が、

「日光街道の道々でも不穏な動きが見えましてな、家斉様宿願の日光社参ができかねます」

この十一代将軍家斉の日光社参は在職五十年の間には実現することなく、天保八年（一八三七）に隠居することになる。

ともあれ、物語が進み過ぎた。文政八年の冬に話を戻そう。

「上州例幣使《れいへいし》街道の分限者一家奉公人十三人が惨殺されたのを皮切りに、日光街道や奥州街道と次々に押込み強盗一味に襲われる惨事が繰り返されておりましてな。これまで何人が命を失ったのか、いくら金子が奪われたのか、正直正確な被害は江戸でも把握しておりませぬ。最後にこの例幣使杉宮の辰麿《たつまろ》を頭分とする一味が押込みを働いたのは日光街道古河《こが》にございまして、以来ぷっつりと行方を絶っております」

「ならば、ご大層な名の押込み一味は存分に稼いだゆえに上方辺りに高飛びしたか、悪行を辞めたのではないか」

「いえ、それがそうも」

と近藤が口ごもった。

「いえね、この話、秀次も知らないのですがな、日光街道の古河城下の米問屋にして闇の金貸しの地蔵屋方で主一家、奉公人が皆殺しにされたのですが、一人だけ床下に逃げ込んだ飯炊きの女衆が、『次の稼ぎは江戸で行う。それぞれ、散り散りに江戸へ潜りこめ』と杉宮の辰麿が子分に指図する声を聞いております。その未明から一月以上過ぎておりますゆえ、一味は江戸へと潜りこんでいることは確かでございますよ」

と近藤精兵衛が言いきった。

ふうっ
と大きな息を吐いたのは難波橋の秀次親分だ。

「こりゃ、失礼を致しました」

しばしその場を沈黙が支配した。

「そやつらが押込みを働くのはこの年のうちと町奉行所では考えておるか」

「金子が一番動くのは年の瀬にございましょう。まず年の内と考えられます」

「この一件、当然ながら公儀では承知のことじゃな」

「承知です。家斉様の日光社参の延期もこの例幣使杉宮の辰麿一味の件もあってのことです。ですが、かようなことが世間に漏れると、『なに、公儀は押込み強盗を恐れて日光社参を延期したか』と公儀が軽んじられることになる。なんとしても江戸でこやつらに押込みを働かせてはならぬとの厳命が出ております。なにしろこの一味の動きが摑めませぬゆえ、われらも動きようがございません。そこで頼みの綱は酔いどれ小籐次じゃと、お城の上から命が下ってきたのでございますよ」

「わしは公儀の役人ではないぞ」

「それ以上のお方です」

「他になんぞ情報《はなし》はないのか」

「曖昧《あいまい》ですが、一味には若い女が加わっておるやもしれぬということです」

「それだけか」

「はあ」

近藤精兵衛が申し訳なさそうな顔をした。

小籐次は一昨日、老中青山忠裕がなにかを話しかけて止めた一件はこれかと推測した。

第二章　研ぎ屋再開

一

小籐次と駿太郎が望外川荘の船着場に戻ってきたのは暮れ六つをだいぶ過ぎた刻限だった。

船着場にはクロスケとシロがお鈴とお梅の二人と一緒に出迎えてくれた。

「お帰りなさい」

とお鈴が手を振り、二匹の犬が船着場付近を駆け回って喜んだ。それを見た駿太郎はいつもの日常が戻ってきたことを実感した。

「お鈴さん、退屈しませんでしたか」

小舟を船着場に着けながら尋ねた。

「駿太郎さん、退屈する暇なんてないわ。お梅さんと一緒に横川に買い物に行ったし、亀戸《かめいど》天神にお参りにいって茶店でおだんごを食べたわよ。それに帰りには長命寺に回って桜餅も買ったの」

「そうか、この界隈を歩いたんだ。それはよかったね。久慈屋さんでも甘味を頂戴してきたんだよ」

駿太郎はおやえが竹籠に諸々入れてくれた土産をお梅に渡した。

「お梅、望外川荘に変わりはなかったかな」

小籐次が尋ねた。

「読売屋の空蔵さんがさっきまでいて、おりょう様とお鈴さんにあれこれと篠山での旦那様と駿太郎さんの行動を聞いていました」

「なに、空蔵め、望外川荘まで足を延ばしおったか。わしはおしんさんに会えと言うたのじゃが、あやつ、おりょうとお鈴さんに眼をつけおったか」

と言った小籐次が続けた。

「お鈴さん、災難であったな」

「篠山には読売屋とか瓦版屋なんて人の噂話を書いて売る商いはありません。江戸って妙なところですね」

お鈴は空蔵の商売に感心していた。

「江戸は広いでな、あれこれと噂話に尾ひれをつけて読売に書き、一枚四文、五文で売る商売があるのだ」

父子は小舟から船着場に上がった。

「明日は私たちといっしょに川向こうの江戸へ参りますか」

駿太郎がお鈴に尋ねた。

「駿太郎さん、気遣いしないでいいわよ。望外川荘でもやることはたくさんありますから」

とお鈴が答え、四人と二匹の犬は湧水池から林を通って不酔庵《ふすいあん》の傍らを抜け、望外川荘の表庭に出た。

「お帰りなさい」

雨戸を閉じようとしていたおりょうが父子を迎えた。

「おりょう、空蔵さんが望外川荘にやってきたそうだな。おしんさんに会えなかったのかのう」

「いいえ、おしんさんの話を聞いて、やはり篠山を訪ねた当人に話を聞かねばと思ったそうです。篠山藩で剣術試合が行われたことなどを根ほり葉ほり聞かれましたが、私もお鈴さんも見ておりませんので詳しくは話せません。明日にもおまえ様と駿太郎に聞くというて帰っていきました」

「なに、こちらの商売を邪魔する気か」

小籐次は空蔵の執念に呆れた。

「おまえ様、空蔵さんもおまえ様のいない江戸で読売に書く話に困っておいでのようでした。私が『鼠草紙』のお伽話をしてあげましたが、鼠では読売のネタにはならぬと一蹴されました」

おりょうが苦笑いした。

「そうか、読売は鼠が主役ではだめか」

「だめだそうです。私、明日にも浅草に参り、絵を描く筆や絵の具を買って、脳裡にあの絵が記憶されているうちに『鼠草紙』を描いてみます」

小籐次は毎日城から旅籠に戻ってくると、おりょうが墨で描いた絵を整理しているのを見ていた。その単彩の絵をもとに改めて色彩を加えて描き直すことを考えたようだ。

「それはよいな。青山の殿様の国許篠山に、鼠の権頭《ごんのかみ》が主役のお伽草紙が残っておるなど、江戸の人間は知るまいでな」

「ささっ、夜が更けると寒さが増します。二人して湯に入りなされ」

父子はおりょうに湯殿へと行かされた。

かかり湯を使った小籐次と駿太郎が並んで入れるほどの大きさの檜《ひのき》の湯船だ。

近ごろでは駿太郎は、もはや下腹部に毛が生えたことを恥ずかしいとは思わぬようで、小籐次と一緒に湯に浸かった。

「父上、近藤様と難波橋の親分さんからなんぞ頼まれごとをされましたか」

駿太郎は、久慈屋での三人だけの談義を気にしていた。

「上様の日光社参がまたまた延期になったそうだが、在所から逃散《ちょうさん》する百姓衆がいて不穏な世の中ゆえのことだというのだ。なんとも解《げ》せぬことよのう」

「日光社参が延びたことを近藤様方は父上に相談されましたか」

小籐次は首を横に振ると、

「この一件、近藤どのからは口止めされておるがな、いずれ空蔵らの耳に届こう。となれば、数日の差で世間に知れ渡るやも知れぬ」

と己に言い訳した小籐次が駿太郎に近藤から聞いた話を掻《か》い摘《つま》んでした。

「押込み強盗一味が江戸に入り込んだのですか」

「どうやらそうらしい」

「日光社参と押込み強盗がどう関わりを持つのですか」

「杉宮の辰蔵なる一味がこれまで押込みを働いてきたのが例幣使街道から日光街道、奥州街道なのだ。ために上様の日光社参が延期されたという噂が流れることを、公儀では気にされているそうな」

「まさか上様が押込み強盗を恐れて日光社参を先延ばしにしたなどありませんよね」

「押込み強盗より在所での凶作が原因で延期されたというのが事実であろう。じゃが、城中でもあれこれと申されるお方もおられようし、そのことが世間に伝わるのを恐れる幕閣の方々もおられよう」

駿太郎は父のいうことを自分なりに思案して、

「父上は近藤様からなんぞ頼まれましたか」

「今のところは頼まれておらぬ。例幣使杉宮の辰蔵とご大層な名を名乗る頭分は、非情の上に悪名を世間に轟《とどろ》かせることを願う輩《やから》のようじゃ。とはいえ、未だ江戸へ潜入している証《あかし》はないのだ。近藤どの方も手詰まりゆえ、わしのような研ぎ屋爺に話をしていかれたのであろう」

この文化文政期、徳川家斉の治世下にあって江戸は爛熟《らんじゅく》期を迎える一方、在所では凶作が続き、逃散して江戸へと逃げ込む人々が増えていた。いわば江戸のバブル期の終末ともいえた。杉宮の辰磨なども化政期のあだ花だろう。

風呂場の話は、おりょうの、

「皆さんが夕餉の膳を前にお待ちですよ」

の言葉で終わった。

望外川荘では、冬の間は台所に接した板の間に切り込まれている囲炉裏端に膳をおいて食した。

今宵はお梅とお鈴が横川の魚屋から鮟鱇《あんこう》を買ってきたので、鶏肉を加えて野菜いっぱいの鍋が自在鉤《かぎ》にかかって、ぐつぐつと煮えていた。

「おお、これはなにより」

駿太郎は丼《どんぶり》いっぱいに鍋の具を注ぐと膳にいったん置き、合掌して、

「頂きます」

とぱくぱくと食べ始めた。

「これ、駿太郎、そなた一人で先に食べるなど行儀が悪うございますよ」

おりょうの言葉に、あっ、と洩らした駿太郎が、

「失礼を致しました」

と丼をまた膳に戻した。

「ふっふっふ、駿太郎は久慈屋で昼餉を馳走になってから、だいぶ刻限が経っておるからのう、腹が空いておるのも致し方ないわ」

と小籐次が言った。

「おまえ様、赤目小籐次の嫡男が礼儀知らずでは困ります」

「おりょう、とはいうが駿太郎はよそに参ればそれなりに礼儀は心得ておるわ。うちにいるときくらい好きにさせてやれ」

小籐次はおりょうに酒を催促した。

「まずは主様からご酒《しゅ》を」

とおりょうが小籐次の盃に燗《かん》酒を注ぐと、

「頂戴致す」

とゆっくりと飲み干した。

「さあ、皆さん、お召し上がり下さい」

おりょうの声で駿太郎が改めて丼の鮟鱇鍋に箸をつけた。

「おまえ様」

とおりょうが小籐次に酒を催促し、

「おお、これは失礼致したな」

と小籐次がおりょうの盃に酒を満たし、ついでに己の酒器にも注いだ。

「おまえ様と駿太郎は明日も久慈屋にございますね」

「なにしろ留守をした間に研ぎの要る道具がだいぶ溜まっておるのだ。足袋問屋の京屋喜平の分を合わせると四、五日は芝口橋に研ぎ場を構えることになりそうだ。なんぞ急ぎの用があるかな」

「いえ、私はそなた様と駿太郎の留守の間に浅草に参ります」

と答えたおりょうが、

「この数月、旅の空の下にあって歌作をなす頭にいささか別の情感が入り込んでおりました。もとの考えに戻すためにも『鼠草紙』を描くことによって旅の整理をつけとうございます」

「そうじゃのう。われらも研ぎ仕事の手加減がいささか狂っておるでな、元に戻るには二、三日かかろう。おりょう、『鼠草紙』はよいではないか」

「浅草に参るのです。お鈴さんとお梅を伴うていきとうございます」

お鈴とお梅が箸を止めてうれしそうな顔をした。

「お鈴さん、浅草寺はにぎやかですからね、母上の供をして見物してきて下さい」

「駿太郎さんが仕事をしている間に浅草見物をしてよいのかしら」

お鈴が気にかけた。

「私どもは篠山で世話になりました。こんどは母上が案内人です」

駿太郎が言い、ふと思い出したように、

「父上、母上、近々金杉町のお寺様にお墓参りに行きませんか。父上と母上に篠山の旅の模様をお報せしとうございます」

「おお、いちばん大事なことを忘れておったわ。おりょうが芽柳《めやなぎ》派の宗匠に戻るために『鼠草紙』を描くように、われら一家、須藤平八郎どのとお英様の墓参りに行かねば旅は終わらぬな。われらの仕事が一段落したら参らぬか、おりょう」

「はい。ぜひとも参りましょう」

とおりょうが答えるとお鈴が、

「お墓参りに私も行ってはなりませぬか」

と言い出した。

「お鈴さん、もちろんいいですよ。だってお鈴さんと喜多谷様が少音寺に案内してくれて、母上のお墓の前で法事をなしたのですからね、江戸のお墓にもお参りして下さい」

と駿太郎が願った。


翌朝、七つ半（午前五時）時分から駿太郎は、家斉から拝領した備前一文字則宗を抜き打つ稽古を四半刻ほど繰り返した。

いつの間にか傍らに小籐次がいて、小籐次もまた来島水軍流の正剣十手、脇剣七手をなぞっていた。

一刻の稽古を終えた父子二人は、百助《ももすけ》の沸かした朝湯に入って汗を流すと朝餉を食し、五つ（午前八時）の刻限には小舟に乗って隅田川から大川へと名を変える流れを下り、江戸の内海に出ると築地川に入って芝口橋に小舟を止めた。

「赤目様、駿太郎さん、今日は早うございますね」

と喜多造が声をかけてきた。

久慈屋も大戸を開いて店の内外の掃除を終えた刻限だ。

住み込みの奉公人たちが交代で朝餉を食している時分だが、二人は既に朝餉を食していた。国三《くにぞう》が整えたと思しき研ぎ場に座り、早速仕事を始めた。

昨日、手にひっかかりを覚えた二人だが、もはや研ぎの感覚を取り戻していた。

黙々と手入れが要る道具の下地研ぎ、仕上げ研ぎと二人は手際よくこなしていった。

「おや、もはや赤目様方は仕事を始めておられますぞ」

観右衛門が言葉を発したが、二人はその声も耳に入らぬほど研ぎ仕事に熱中していた。

どれほど刻限が過ぎたか、

「ご多忙のみぎり恐縮ですがな、酔いどれの旦那、いやさ赤目小籐次様、わっしの書いた粗書きを読んでは頂けませぬか」

と前に立った空蔵が、ばかっ丁寧な口調で願った。だが、二人して顔も上げず手も止めなかった。

「空蔵さんや、ただ今は無理ですよ、またにしなされ」

大番頭の観右衛門は空蔵に密やかな声をかけた。

「大番頭さんよ、読売なんてものはよその瓦版屋との競争だ、早いもん勝ちなんだよ。ここでおれがいの一番の酔いどれネタをものにしないとよ、どこぞの読売屋にさらわれちまうよ」

と泣き言を言った。

「困りましたな」

観右衛門もなす術はない。

ふと空蔵が思いついたように手を打った。

「なんですね」

「大番頭さんさ、おまえさんが粗書きを読んでくれないかね、話は篠山藩のおしんさんとおりょう様から聞いた篠山話だ。嘘はないと思うけどね、念には念を入れようと思ったんだよ。酔いどれ小籐次の考え方をよく知る大番頭さんが読んでさ、これはいい、と思えば一気に刷っちまうよ」

「空蔵さん、いくらなんでもそりゃ乱暴ですよ。私は赤目小籐次様ではございませんからね、私が読んでいい悪いなんて返答ができるわけもない」

というところに、ふらりとおしんが久慈屋の店に入ってきた。

「赤目様親子は、仕事に没頭なされておりますか」

おしんも困った顔をした。

「なにか用事ですか」

と観右衛門がおしんに尋ねた。

「まあ、空蔵さんほど急ぎではございませんがね」

「おおそうだ」

空蔵がおしんを見て、粗書きの原稿を差し出し、

「おしんさ、頼むからこいつを読んでくれないか。昨日聞いた話をまとめたんだ。篠山藩に都合がわるいところはないと思うがね、事実と違うところがあれば教えて欲しいんだ」

と願った。

「えっ、私に読売屋の下働きをしろというの」

「だってよ、読売なんて早い者勝ちなんだよ。いくらおしんさんの話を聞き、おりょう様の助けを得たといったからって、あれじゃ、おりゃ、どうすればいいんだね」

と空蔵が小籐次、駿太郎父子の背中を見てぼやいた。

しばし沈思していたおしんは、空蔵が突き出した読売の粗書きを手に取り、上がり框に腰を下ろすと読み始めた。

「た、助かった」

空蔵も上がり框に座り込み、おしんの顔色を見詰めている。

昌右衛門と観右衛門が帳場格子から、笑いも出来ずかといって真剣な顔も見せ

られず、なんとも複雑な表情で二人を見ていた。

二度三度と読み直したおしんが、

「いささか篠山藩を持ち上げ過ぎね。さらりと触れるくらいが老中の殿様にとっていいわね」

「さらりとね。うん、分かった」

「篠山藩にて赤目小籐次の名を冠した剣術試合が催されて、一位と二位になった組の十人に赤目小籐次様自ら研ぎ上げた古剣を贈ったという件《くだり》は、赤目小籐次様の人情味が出て読み応えがあるわ。差し障りは篠山藩のところだけね」

「よし、分かった。ありがとうよ、おしんさん」

と言った空蔵が粗書き原稿をおしんから取り戻すと、こんどは観右衛門が手を差し出した。

「えっ、久慈屋の大番頭さんの検《あらた》めもあるのかい、最前は駄目と言ったじゃないか」

「おしんさんが読まれておよそよいとの判断をなさったのです。私が読んでも差し障りはございますまい」

空蔵が黙って差し出した。

観右衛門は眼鏡をかけ直してじっくりと読み込み、

「うん、悪くございませんな。篠山藩になぜ赤目小籐次一家が訪ねていったか、また老中の青山様がなぜそのことをお許しになったかを認めた箇所などは、おしんさんの申されるとおり、さらりと触れたほうが双方のためによろしゅうございましょうな」

と観右衛門が言い、ふと店を見廻すとおしんの姿はなく、相変わらず小籐次と駿太郎の父子は研ぎ仕事に没頭していた。

二

望外川荘の片づけを終えた四つの刻限、おりょうはお鈴とお梅を伴い、竹屋ノ渡し船で山谷堀の合流部にある船着場に渡った。

浅草御蔵前通の北の端の今戸橋に立ったお梅が、

「お鈴さん、この山谷堀伝いに十丁も行くと、色里の吉原があるの」

と教えた。

「えっ、こんなところに遊里があるの」

山谷堀の界隈には船宿はあったが、どことなく篠山のように牧歌的な景色だった。遊里があるとは到底思えなかった。

「昔は日本橋のあたりにあったのよ。それが明暦の大火事に見舞われたこともあって、お城近くに遊里があるのは宜しくないという公儀の命で浅草田圃と呼ばれる、この地に移したんだって。もう百何十年も前のことと聞いたわ」

「色里って大きいの」

「私は行ったことないけど、話に聞くところによると何千人も遊女衆がいるそうよ。女の私たちには関わりがない遊び場よね」

とお梅がお鈴に言った。

おりょうは若い二人の娘の話を黙って聞きながら、浅草御蔵前通に沿って南へとゆっくり歩いていく。

お梅は話題を転じた。

「この通りは悪いことをして死罪を命じられた咎人《とがにん》が市中引き回しにあう道筋なの」

「えっ、咎人が引き回しに遭うの。篠山では聞いたことないな」

お鈴が恐ろし気に呟いた。

「篠山城下は何人住んでいるのでしたっけ」

「篠山藩はたしか住人五万人余と聞いたことがあります。江戸の五分ほどの人ですか、小さい城下だわ」

「江戸は百万もの人が住んでいるから悪い人もいるのよ。それに在所はこのところ凶作続きでお百姓衆が江戸へと逃げ込んできて、仕事を探しているのよ。だからいろんな人々がいるの」

お梅の説明を聞きながら三人は隅田川の右岸沿いの御蔵前通を歩いていった。

おりょうが、

「お鈴さん、浅草寺は広々としていて随身門という脇門がいちばん近い門ですよ。だけど、お鈴さんは初めて浅草寺を訪れるのだから、雷御門と呼ばれる正面から入り、本堂にお参りしていきましょうね」

とお鈴に言い、はい、と返事が返ってきた。

三人は吾妻橋際まで歩き、広小路に曲がったとき、

「わあっ」

とお鈴が思わず驚きの声を洩らした。

広小路の両側には無数の店が軒を連ね、大勢の参拝客が往来していた。

「縁日なの」

「縁日ではないわ、いつも浅草寺さんはこんな風なのよ。お鈴さん、掏摸《すり》がいるから注意してね」

とお梅がお鈴の手を取った。とはいえ二人して金子の入った袋物など提げてはいない。

「ほら、ここが浅草寺さんの正面よ、大きな提灯《ちょうちん》が目印ね」

もはやお鈴は言葉を発しなかった。驚きの眼差しで、雷門を潜って仲見世に出入りする参拝客の群れを見ていた。

「おや、おりょう様ではございませんか。本日は酔いどれ様も駿太郎さんもご一緒ではございませんか」

この界隈を縄張りにする御用聞きがおりょうを見て尋ねた。

駿太郎が掏摸を捕まえたとき、立ち合った御用聞きだが、おりょうは名前を覚えていなかった。

「今日は女三人連れで参拝に参りました」

おりょうが答えると御用聞きの親分が、

「おい、三公、おりょう様方を本堂前まで案内しねえ、赤目様のご一家を知らねえ掏摸なんぞが悪さをするといけねえや」

と若い手下をおりょうたちの警護につけてくれた。

「親分さん、有難うございます」

とおりょうが礼を述べ、三公と呼ばれた手下が大勢の人の群れをかき分けて案内してくれた。

「浅草でも、赤目様やおりょう様、駿太郎さんはよく知られているのね」

お鈴が小声でお梅に尋ねた。

「駿太郎さんが有名なのにはわけがあるの。日を置かずして二組の掏摸をこの界隈で捕まえたことがあったの」

「えっ、駿太郎さんが掏摸を捕まえたの」

「それほど多いから気をつけてね」

お梅がお鈴に気を配った。

なんとか仁王門を抜けると、本堂前にはさらに大勢の参拝客とも見物客とも知れぬ人々が詰めかけていた。

「すまねえ、女三人連れだ。通してくんな」

御用聞きの手下が本堂前のもうもうと線香の煙が立つ場へとおりょうらを連れ

ていき、お梅がお鈴にこの線香の煙を手ですくって頭や体にかけると、

「こうやると無病息災だという言い伝えがあるの」

と説明した。

お鈴もおりょうやお梅の真似をして線香の煙を体にかけて、ようやく本堂への階《きざはし》を上がった。人混みに混じって本堂に入り、賽銭を上げて参拝し回廊に出てきたお鈴が、

「江戸って、毎日が祭礼のようなのね」

と茫然とした。

先日小舟から日本橋の賑わいをすでに見上げたお鈴だが、人いきれの中を押し合いへし合いしながら歩くのは初めてだった。

「おい、六爺よ、おれの連れの女衆に悪さをするんじゃないぞ。女連れと思って巾着なんぞを掏ってみな、赤目小籐次様がお許しにならないからよ」

と三公が年寄りに声をかけた。

「三太郎さんよ、酔いどれ小籐次様の内儀に手を出すほど呆けちゃいねえや。他をあたるよ」

と年寄りが人混みに姿を消した。

「あのお爺さんも掏摸なのよ」

とお梅が教えた。

「えっ、御用聞きの手下さんと掏摸が知り合いなの」

「娘さんよ、掏摸はよ、その場でふん捕まえないと駄目なんだよ。おれたちが承知の掏摸は半分にも満たないだろうな。この浅草詣でにきた在所者が毎日のように掏摸のえじきになるんだよ」

おりょうらは伝法院の門前にきてようやくほっと安堵した。

「三太郎さん、有難うございましたね」

おりょうが警護をしてくれた三太郎になにがしか小遣いを上げた。

「おりょう様、すまねえ。親分にめっかると怒られそうだが、煙草代にも事欠いていたんでさ、有難く頂戴します」

と若い御用聞きの手下が丁寧に礼を述べて消えた。

「お梅、広小路にうなぎ屋さんがあったわね、あそこで昼餉を食して、そのあとで買い物を致しましょうか」

とおりょうが言い、

「わあっ」

とお梅が喜んだ。

小籐次と駿太郎父子が手を止めたのは九つ（正午）を四半刻ほど過ぎたころだ。

「おお、だいぶ片付いたな」

と小籐次が周りを見回した。

「赤目様、駿太郎さん、私どもは昼餉を食し終えました。研ぎ場は私が見ておりますから、ささ、大番頭さんがお待ちの台所に行って下さいな」

と国三が二人に言った。

「そうさせてもらおう」

小籐次が前掛けを外し、駿太郎も研ぎかけの刃物に古布《ふるぎれ》をかぶせて隠した。

「久しぶりに精を出して研ぎ仕事を致したな」

小籐次が洩らすと、

「おしんさんも空蔵さんもお見えでしたが、お二人がせっせと研ぎ仕事に熱中しておられるのでお帰りになりました」

と国三が告げた。

「なに、訪ね人があったか。空蔵のほうはよいが、おしんさんはなんであろうな」

　と小籐次は呟きながら近藤精兵衛から聞いた杉宮の辰麿なる押込み強盗の一件であろうかと考え、三和土《たたき》廊下から台所に向かった。駿太郎が、

「国三さん、本日の昼餉はなんでございますか」

　と小声で聞いた。

　にやりと笑った国三が、

「駿太郎さん、お腹が空きましたか。今日は珍しくも丼ものでした」

「丼ものですか。これまであまり食したことはございませんね」

「なんでもおまつさんが佃島の漁師のおかみさんから習ったという、漁師めしの味付けを新しく工夫したそうです」

「おっ、それは美味しそうですね」

「早く食べてらっしゃい」

　国三の言葉に促されて駿太郎は久慈屋の台所に行った。

　するとおまつがめしを盛った丼に鶏肉や野菜を醤油味で煮込んだものをかけていた。その辺りに甘辛い匂いが漂っていた。

「ああ、これが佃島の漁師めしですか」

駿太郎は思わずおまつに聞いた。

「おや、だれかに聞いたかね。いえね、佃島の漁師めしは船の上で拵える食いもので、具の入った味噌汁をめしの上にぶっかけてささっと食するそうだ。うちではな、こたびさ、味噌出汁を醬油とみりんにかえていささか甘辛くしてみたのさ。駿太郎さんは朝から休みもなしに研ぎ仕事をしてたからね。しっかりと食べておくれな」

と席へと向かわせた。

「駿太郎、昼餉を気にしたか」

「父上、聞いておられましたか。いえ、甘辛い香りがほんのりと店に漂ってきたので、なんだろうと思い、国三さんに聞いたのです」

「佃島の漁師めしにおまつが手を加えたそうですよ」

と観右衛門がいうところに女衆が三人の折敷《おしき》膳に丼と蜆《しじみ》の味噌汁、香の物を載せて運んできた。

「長年、こちらで昼餉を馳走になっておるが、本日の趣向は久しぶりじゃのう」

と小籐次も丼に盛り上がった具材を見て、

「鶏肉の他に烏賊《いか》もあればシイタケも入っておるな。これは美味そうじゃ」

「父上、お先に頂戴します」

と急いで合掌した駿太郎が、おまつが工夫した漁師めしに一箸つけて食し、しばらく味わうように噛んでいたが、

「おまつさん、美味しゅうございます」

と叫んでいた。

「それはよかったな。工夫のし甲斐があったというもんだよ」

おまつたち女衆も箸をつけた。

しばし台所に沈黙が漂い、

「なかなかの味付けですぞ」

「これはいけますな。もっとも奥向きの昼餉ではないな」

と小籐次と観右衛門が言い合った。

「大番頭さん、奥は菜とめしは別々だな」

と在所訛《なま》りでおまつが言った。

「そうかそうか」

と得心した観右衛門が、

「おりょう様に旅の疲れは出ておりませんかな」

と話題を移した。

「大番頭どの、ご心配無用に願おう。本日は、篠山から連れてきたお鈴を伴い、浅草にな、絵の具やら筆を買いに行っておる」

「絵の具とは、またどうしたことで」

小籐次は漁師めしをゆっくりと食しながら、篠山藩に秘蔵されていた絵入りのお伽草紙『鼠草紙』をおりょうが描くという試みを告げた。

「ほう、篠山藩に『鼠草紙』なる絵入りのお伽草紙が残っておりまするか」

「なんでも青山家二代藩主忠高様の正室の嫁入り道具の一つとかでな、なんとも長い巻物じゃそうな」

と実物を見ていない小籐次が曖昧に観右衛門に答えた。すると駿太郎が、

「父上、絵巻物の幅は一尺二寸（三十六センチ）、長さは八十六尺（およそ二十六メートル）です」

と父の言葉を補った。

「な、なんと、幅一尺二寸、長さは八十六尺ですか。それはなかなかの絵巻物でございますな。浅草界隈で絵筆と岩絵の具などは見つかるかもしれませんが、絵巻物の紙はそうそう売ってはおりますまい」

と観右衛門が、

（うちしかありますまい）

という顔をした。

「そうじゃ、紙はこちらでのうては見付かるまい」

「徳川幕府開闢前、二百年以上も前の紙ですか」

観右衛門は箸を休めてじっと絵巻物が描かれた紙の種類を考えている様子だった。

「大番頭どの、おりょうは『鼠草紙』を本物そのものに描こうとは考えておるまい。なにしろほんものは丹波篠山にあるのじゃからな、手慰みになすことだ。紙まで凝ることはござるまい」

「いえ、ただ今の老中青山家の宝物をおりょう様が江戸で蘇らせるのです。出来るだけ絵の具も紙もよきものでなくてはなりませんぞ」

観右衛門が紙と聞いて張り切った。

その間に丼の漁師めしを食し終えた駿太郎は、

「父上、お先に」

と折敷膳を抱えて、

「おまつさん、ご馳走様でした」

と洗い場に持っていった。

「大番頭どの、おりょうは歌人ではあるが、絵は素人じゃ、お忘れなく」

「いえ、身延山に旅された折も道中の景色や身延山の大階段を描かれたのをちらりと見せてもらいましたがな、いや、なかなかの筆遣い、出来上がりが愉しみですな」

と観右衛門が身延山の旅の話まで持ち出し、

「お帰りにな、何種類か紙を用意しておきますでな、お持ちください」

と言った。

小籐次が研ぎ場に戻ると、小籐次と駿太郎が江戸へ戻ったことが知られたらしく、足袋問屋の京屋喜平の番頭菊蔵を始め、研ぎの要る道具を持って何人もが待ち受けていた。

「おお、赤目様、帰ったら帰ったと挨拶くらいあって然《しか》るべきではございませんかな。職人頭の円太郎親方が、赤目様はまだかまだか、とうるさいのでございますよ」

「おお、すまぬ、番頭どの、いや、円太郎親方が拵えてくれた革底足袋のお蔭で、おりょうも足を痛めることなく丹波篠山を往来することができた。お礼に行かねばならぬことを忘れたわけではないが」

と言い訳する小籐次に、古布に包んだ道具を菊蔵が押付けた。

「相分かった。円太郎親方の道具は今晩家に持ち帰り、夜なべしても仕上げるでな」

「赤目様、そなた様の忙しい体、この私とて知らぬわけではございませんでな、明日の分なりともお願い申しますよ」

と言って菊蔵は店へと戻っていった。

ふっ、と吐息を洩らした小籐次に駿太郎が、

「父上、皆さんの包丁を今日じゅうに仕上げます。父上は、少しでも京屋さんの道具の手入れをお願い致します」

と言った。

「よかろう」

という小籐次の返事に国三が近くの裏長屋のおかみさん連の包丁を預かり、柄に名を書いて駿太郎に渡した。

ようやく研ぎ場の前から客の姿が消え、小籐次と駿太郎はいったん久慈屋の道具を中断してそれぞれの仕事にとりかかった。

どれほどの刻限が過ぎたか。

赤目様、と難波橋の秀次親分の声が頭の上で響いた。

小籐次が顔を上げると険しい表情の秀次が睨むように見ていた。

「どうしたな」

「北品川の八ッ山に山王町の畳屋の隠居所がございましてな、隠居所からこの数日音沙汰がないので、小女《こおんな》を使いに立てたそうな。すると最前、小女が真っ青な顔で戻ってきて、ご隠居様と大おかみさんと女衆が三人して殺されていると訴えたというのです。ご存じのように山王町はこの久慈屋の道向こうだ。うちに番頭さんが飛び込んできましてな、わっしがまず小女から事情を聞こうとしたんですが、『血まみれで殺されていなさる』と繰り返すばかりで、まったく事情が摑めませんや。番頭さんと手下を先にやらせてね、こちらに伺ったというわけでさあ」

小籐次はしばし秀次の顔を見上げて黙り込んでいたが、

「親分、そなたは例幣使杉宮の辰麿一味の所業というか」

「なんとも申せませんが、あの小女の怯えようからいって大変なことが起こったことだけは確かでさあ」

また沈黙が二人の間に広がった。

「父上、研ぎ場はなんとか致します。親分といっしょに行って下さい」

と駿太郎が言った。

小籐次は無言で立ち上がり、前掛けを外した。

三

小籐次と秀次親分は久慈屋の荷運び頭の喜多造と若い衆二人が漕ぐ船で築地川を下り、江戸の内海沿いに北品川宿八ッ山の船溜まりにつけた。

事情を知った観右衛門が徒歩でいくよりずっと早いと、内海を漕げるように二人の船頭の船を用意してくれたのだ。

商いがこの時期は比較的のんびりとしていたこと、それと東海道の向こうの山王町の畳屋古木屋を久慈屋が承知していたこともあった。

船中、秀次が、

「山王町には何軒も畳屋が集まっているのですがね、古木屋は古株でございましてな、確か殺されたという隠居与四郎《よしろう》さんで四代目、当代の勘五郎さんは五代目でさあ。久慈屋には出入りしていなかったと思いますが、老舗《しにせ》同士お互いよう知っておられます」

と小籐次に説明した。

「四代目はいつ隠居したのだ、親分」

「確か四、五年前と思いましたね。五十になったかならない齢にあっさりと与四郎さんは当代に譲り、品川の海が見える高台に小体《こてい》の隠居所を設けたそうな。盆栽集めが道楽とか、余生を楽しんでおられたはずでしたがな」

「押込み強盗が目をつけるほど古木屋の隠居どのは隠居所に金子を持っておったのか」

「古木屋は確かにそれなりの老舗ですが、商売柄派手な暮らしではなし、どちらかというと職人気質《かたぎ》の親方でしたよ。隠居所を設ける程度の金子はあったでしょうが、押込み強盗が目をつけるほどの隠居所とは思えないんだがね」

難波橋の秀次親分が首を捻った。

「確かに手堅い畳屋の親方だったな。隠居暮らしだって慎ましやかだったんじゃございませんか」

と秀次と小籐次の話を聞いていた喜多造が口を挟み、

「まだ親方だった時分、わっしは金春《こんぱる》屋敷裏の煮売酒屋幾松でいっしょになったことがしばしばありましたよ。人に恨みを買うような親方じゃなかったし、この話がほんとなら、えらい災難だね」

と言い足した。

喜多造と若い衆が漕ぐ船が八ッ山の船溜まりに着いたのは、先行した秀次親分の手下たちとほぼ同時だった。徒歩組といっしょになった小籐次らは八ッ山を上り、教えられた隠居所の前に立った。

様子を見に行かされた小女は慌てて隠居所を飛び出したらしく、板戸の門は閉まっていたが玄関戸は四、五寸ほど開いていた。

すでに冬の夕暮れ前だ、薄っすらと暗くなっていた。

東海道の両側道の宿場と品川の海を見下ろす八ッ山は俚称だ。

板垣を巡らした七、八十坪の家の前には品川の海の潮騒が風に乗って響き、昼間ならば絶景が見えるだろうと、小籐次は思った。

古木屋の隠居所の左右は、大店の別邸らしく敷地三、四百坪はありそうで、手入れされた椿や山桃や桜が見えた。

小籐次はなぜ小体な隠居所に押込み強盗がわざわざ目をつけたか訝《いぶか》った。

「灯りをつけねえ」

秀次が若い衆に命じた。

御用提灯二つに灯りが入り、玄関戸をさらに押し開いた秀次を先頭に玄関から入った。すると暗い部屋の中から血の臭いが漂ってきた。

小籐次は隠居所内部の探索は秀次らに任せ、いったん外に出ると、わずかな夕暮れの明かりを頼りに隠居所を一回りしてみた。すると海側は雨戸が閉じられ、盆栽が五十鉢ほどきれいに並んでいた。

昼間、縁側に立つと松を主とした盆栽が眺められ、さらに品川の海が見えるだろう。さぞ景色のよい隠居所で楽しい余生を過ごしていただろうにと、小籐次は思いをめぐらした。

雨戸の閉じられた屋内から、

「こりゃ、ひでえや」

「小女が腰を抜かすほど驚くのも無理はねえな」

という秀次らの声が聞こえた。

小籐次は勝手口に回ってみたが戸は閉じられていた。戸に手をかけると、心張棒は掛かっていないと見えて、するりと開いた。

そこには手拭いで口と鼻を押さえた銀太郎が行灯《あんどん》を手に立っていた。台所の板の間の上に中二階があって女衆の部屋になっていると見えて、梯子段下に寝間着がわりの古浴衣を着た中年の女が血まみれになって死んでいた。

「めった刺しですね」

剣術の心得がある者の仕業とは思えない刺し傷だった。

「古木屋の隠居夫婦は寝間で襲われてまさあ。手慣れた殺しですが、幾たびも刺したと見えてあちらも血まみれですよ」

と言った。

銀太郎が行灯の灯りを女の顔に寄せて、

「およねさんだ」

と呟いた。

難波橋の架かる御堀を挟んで二葉町と山王町は向かい合っていた。近所なのだ、女衆の顔も銀太郎は承知だった。

小籐次は台所の土間に草履を脱ぐと、板の間に上がり、隠居夫婦が殺されているという寝間に廊下を伝って向かった。

　隠居所は床の間付きの六畳間と仏間の同じく六畳間と控えの三畳の三部屋と思えた。

　寝間には秀次が片膝をついており、古木屋の隠居与四郎が布団の上に血まみれになって倒れ込んでいた。女房のおたつは仏間に這いずり逃げたところを刺殺されていた。

　小籐次は与四郎の傷を見た。

　およねと同じようにめった刺しだが、傷の一つは心の臓を背中まで貫き通していた。

「恨みですかね」

　と秀次が自問するように呟いた。押込み強盗にしては屋内が荒らされていなかった。

「金子がとられたような形跡はないのかな」

「仏壇下が引き開けられていますがね、どうも金目当てとも思えない」

　と秀次が呟いた。

「となると例幣使杉宮の辰麿一味の仕業とは違うか」

小籐次は秀次に同道してきた理由がなくなったと思った。

「そうですね。例幣使街道の押込み強盗は金目当てですからね、いささかやり口が違うようですね」

と言った秀次が、

「殺しは殺しだ。近藤の旦那には使いを走らせています」

と小籐次に言った。

「ご時世ですかね、凶悪な押込みを真似しやがるのか、こんな殺しが繰り返される」

「どう見ても慎ましやかな隠居所にそう大金が置かれていたとも思えぬな」

小籐次は話を戻した。

「古木屋は毎月暮らしの金子を届けていたと聞いたことがございます。隠居の与四郎さんがいくらかたくわえの金を持っていたとしても、精々二、三十両ではございませんかな」

「盆栽が五十鉢ほどあったが、そう金のかかった盆栽とも思えぬ。まあ、あったとしてもその程度の額であろうな」

「三十両としても大金だが三人を殺して盗むほどではございますまい。この八ッ山には古木屋の隠居所より豪奢な別邸がいくらもありますぜ」

「だが、立派な隠居所には男衆が何人もおろう」

小籐次の言葉に秀次が頷いた。

「小人数の者が老夫婦と女衆一人の隠居所に狙いをつけたのであろうか。それにしてはめった刺しの傷がな」

「いささか解せませんね、与四郎さんに恨みといってもな」

秀次が思いあたる節がないのか首を捻った。

小籐次は近藤精兵衛一行が来るのを待って戻ることにした。

近藤らは例幣使杉宮の辰麿一味が頭にあったか、小籐次らと四半刻とは違《たが》わず駆け付けてきた。

「赤目様、ご苦労にございますな」

「近藤どの、例幣使街道から日光街道などを荒らした杉宮の辰麿一味とはいささか手口が違うようだ。餅は餅屋にお任せ申そう」

と言い残すと小籐次は隠居所をあとにした。

北品川の船溜まりに戻って見ると、喜多造と若い衆らが浜で焚火をしながら待っていてくれた。

「終わりましたかえ」

「わしの出番はなさそうだ。あとは本業に任せよう」

若い衆が海水を汲んできて焚火を消し、その上に小石や砂をかけて丁寧に始末した。船を船溜まりから沖へと乗り出して芝口橋へと戻り着いたのは五つ（午後八時）過ぎだった。

小舟がないところを見ると駿太郎は独りで舟を操り、望外川荘に戻ったようだ。

「喜多造さんや、行きの船で古木屋の隠居と煮売酒屋でいっしょになったことがあったといったな。その煮売酒屋は未だ店開きしているかのう」

「幾松ですかえ、未だやっていましょう。ご案内しましょうか」

喜多造は通いだ。だが、若い衆は久慈屋に住み込みだ。その若い衆に、

「赤目様と金春屋敷裏の煮売酒屋に立ち寄っていく、わっしらが戻ったことを大番頭さんに知らせてくれ」

と願って、二人は金春屋敷への通りを曲がった。

古木屋は戸締りがしてあったが灯りが臆病窓の隙間から表にこぼれ、人が起きている気配があった。なにしろ事情が事情だ、難波橋の秀次親分が戻ってくるのを待っているのだろう。

古木屋の隠居与四郎と喜多造が酒を飲んだという煮売酒屋からは灯りが洩れて、まだ六人ほどの客がいた。

「親父さん、ちょいと遅いがいいかえ」

と喜多造が煮売酒屋の亭主に断りをいうと親父が小籐次を見て、

「喜多造さんよ、酔いどれ様をうちにご案内かえ。どこのだれが赤目小籐次様のご入来をお断りできるよ」

と奥の小上がりに二人の席を造ってくれた。

「酒だな、一升枡で出そうか」

「今晩はお浄《きよ》めがわりだ、少しばかり頂戴しよう」

「お浄めがわりって、まさか古木屋の災難と関わりはねえよな」

と主が言った。

「幾松さんよ、わっしらはその帰りだ」

と喜多造が頷いた。

小籐次は煮売酒屋の屋号が主の名だと気付かされた。

「な、なに。ほんとうにご隠居さん、殺されなさったか」

幾松に喜多造が頷いた。

「なんてこった。ご隠居はよ、数日前も山王町に来たからってうちで酒を飲んでいかれたばっかりだよ」

「隠居は一人できなさったか」

「いや、倅《せがれ》のよ、勘五郎さんといっしょだ。家で話せないことでもあったかね、額を合わせて話していなさったが、直ぐに話は終わったと見えて、二人してしばらく酒を飲んでいかれたな。あれが最後か、勘五郎さんも魂消《たまげ》たろう」

幾松が言ったところに酒が運ばれてきた。

「すまんが親父どのもいっしょにつき合ってくれぬか」

と小籐次が誘った。

「えっ、天下の酔いどれ様と酒を酌み交わせるなんて滅多にあるこっちゃねえ。お誘いに与《あず》かります」

と小上がりの框に座った。

喜多造が小籐次と幾松の盃を満たし、小籐次が喜多造の盃に注いだ。

「古木屋のご隠居の冥福を祈ろうか」

と小籐次の言葉で三人は神妙に飲んだ。

「与四郎さんは人に恨みを抱かれるようなお人ではないと聞いたが、さようか」

「酔いどれ様よ、畳屋の親方だから職人には厳しかったよ。だがよ、さっぱりとした気性だ、だれにも好かれたしよ、あっさりと隠居して倅に譲ったところなんてだれにも真似できないぜ」

「そうか、やはりそのような人柄であったか」

幾松が小籐次の盃に酒を注いだ。

「そうだ、あの宵な、勘五郎さんが先に帰って隠居はもう少し残って酒を飲んでいなさった。そのとき、隣りにいた若いわりに婀娜《あだ》っぽい女が隠居に話しかけたんじゃなかったか。二、三杯酒を酌み交わしていたな」

「婀娜っぽい女だと、どこのだれだ」

「喜多造さん、うちだって女客くらいくるんだよ。もっともあの宵の女は初めてだな。店の入口の小上がりでよ、話は聞こえなかったよ」

小籐次はしばし考えて、

「次にその女客がきたときは、住まいなんぞをそれとなく聞いておいてくれぬか」

「酔いどれ様よ、隠居の騒ぎと女が関わりあるというのか」

「それはなかろう。だが、古木屋のご隠居の死に顔が頭に残ってな、女とご隠居がなんの話をしたのか、気にかかったのだ」

「分かった、そうしよう。久慈屋に知らせればいいな」

「ああ、あるいは難波橋の親分でもよい。明日にも話しておくでな。ただ今のところ、ご隠居夫婦と女衆の三人が殺されたことははっきりとしておる。だが、なぜご隠居たちが殺されねばならなかったか、秀次親分も困っておられたからな」

「よし、久慈屋か親分だな」

と応じた幾松が、

「押込み強盗ならば金目当てだろうが」

と小籐次に問うた。

「そのとおりだ。だが、古木屋の隠居所に押し込んだのだ。周りにはいくらも豪奢な別邸が並んでおったぞ」

「酔いどれ様よ、人は見かけによらないというぜ。古木屋の内所は思いのほか豊かって噂もある」

「だが、隠居所に大金がおいてあるのじゃろうか」

「それはないな。山王町のほうが、橋向こうは難波橋の親分の家だし、また昼間には久慈屋に酔いどれ小籐次様が詰めておられるから安心だ」

「詰めると申しても、わしは研ぎ仕事をしているだけだ」

「とはいえ、秀次親分の頼みで八ッ山まで足を延ばしていなさるじゃないか」

「長年の付き合いだ、致し方あるまい」

「この界隈は南町奉行所も近いや。隠居所にわざわざ入用もない大金をおくなんてことはしないな」

と幾松が得心した。

この夜、幾松といっしょに三合ばかりの酒を飲み合い、鰯の焼き物と野菜の煮つけでめしを食った小籐次は、喜多造と金春屋敷裏の幾松の店を出た。

「赤目様、婀娜っぽい女が気になりますかえ」

「というわけではないが、この騒ぎ、ご隠居の人柄や隠居所の造りからいって、秀次親分方が苦労しそうな気がしたでな、夕餉を食うついでに立ち寄ってみようと思い付いたのだ。なんの目当てもない話よ」

「酔いどれ小籐次様の勘はなかなかあなどれませんからね」

と言った喜多造が、

「望外川荘にお戻りならば船でお送りしますぜ」

と申し出た。

「いや、今宵は新兵衛長屋に泊まってな、朝起きして朝湯に浸かり、せっせと研ぎ仕事をせねば駿太郎に申しわけないからな」

と答えた小籐次と喜多造は芝口橋で、

「では明日」

と別れた。

新兵衛長屋のどぶ板を踏む音がせぬようにそっとわが長屋に戻ると、勝五郎が仕事をしているのか行灯が点《とも》り、鑿《のみ》の音がしていた。

腰高障子を開くと、

「だれだえ、酔いどれの旦那か」

と薄い壁越しに勝五郎が誰何《すいか》した。

「いかにもわしじゃ。ちとわけがあってな、今晩は長屋に泊まる」

「待てよ」

と言った勝五郎が立ち上がる気配があって、行灯を手に小籐次の部屋に入ってきた。

「この行灯の火をこよりで移しな」

「助かった」

小籐次はこよりを使ってわが部屋の行灯に火を点した。二つの行灯が点ると、長屋の佇《たたず》まいが浮かんで見えた。

「金殿玉楼の望外川荘とはだいぶ違うな」

と勝五郎が皮肉をいい、

「秀次親分と八ッ山に行ったか」

「早耳じゃな」

「山王町の畳屋の隠居が殺されたってのはほんとうか」

「ご隠居夫婦と女衆の三人が殺されたのは真だ」

「押込み強盗だな。空蔵の筆にはそう書いてあるぞ」

「なに、もはや読売にしようと版木を彫っておるか」

「読売は早さが勝負だからな」

「空蔵に版木を渡す折によう注意してくれぬか。与四郎さんら三人が刺殺されたのは確かだが、それ以外は未だなにも分からぬとな」

分かったぜ、と答えた勝五郎が行灯を手に仕事に戻っていった。

小籐次は部屋の隅に積んである布団を敷き延べて、冷たい寝床に入り、

「勝五郎さんや、朝風呂に参ろうぞ」

と壁の向こうに言い掛けると目を閉じた。

四

翌朝、小籐次と勝五郎は町内の加賀湯へ朝風呂に行った。勝五郎は八つ半（午前三時）時分まで仕事をして一刻半（三時間）ほど仮眠していた。

「ご苦労だったな」

「酔いどれの旦那がいうように古木屋の隠居が押込み強盗にやられたって話だけだ。続きがこの話の勝負だな」

と眠そうな顔で応じた勝五郎だが、仕事をした満足感もあるようだった。

「体を温めてな、朝餉を食して寝るとよい」

湯船は一番風呂のせいで二人だけだった。

「酔いどれの旦那も研ぎ仕事をしようと思うと、どこからともなく呼び出しがかかるな」

「古木屋の隠居は難波橋の親分も久慈屋も承知というし、町内の住人というてもよいお方だ。それが余生を楽しんでいるさ中に災難にあったのだ。少しでも手伝えることがあればと思ったのだがな」

「酔いどれ様よ、なんぞ思うところがあって、八ッ山まで足を延ばしたんじゃねえか」

勝五郎も昨日今日の版木職人ではないし、小籐次とも付き合いが長い。秀次がわざわざ呼び出したのには曰くがありそうだと考えたようだ。

「なくもない。だが、その筋とは違ったようだな」

「どう違ったよ」

「秀次親分がもしやと考えた筋とは違ったということだ」

「どう違うよ」

「うーん、秀次親分が気にしている筋の押込み強盗は大掛かりな押込み強盗だ。古木屋の隠居所のような地味な住まいは襲うまい。この考えにはわしも同感だ」

ふーん、と鼻で返事をした勝五郎が両手に湯を掬《すく》い、顔をごしごし洗って眠気を吹き飛ばした。それを見ながら小籐次は、

(それにしてもあの残酷な殺し方はなんだ)

と思った。同時にもはや自分が手を出す騒ぎではないと己を得心させた。

「弔いはどこで出すのかね」

勝五郎が不意に聞いた。

「弔いとはだれのじゃ」

「しっかりしねえな。古木屋の隠居夫婦と女衆のだよ」

「おお、そうであったな。さあて、あちらで済ますのではないかのう」

「死んだ者にはもはや関心ないか」

「そういうわけではないが、湯に浸かって気持ちがよくてな、なにも考えてなかったのだ」

と小籐次は言い訳した。

「酔いどれの旦那、本筋の押込み強盗の一件の折は空蔵かおれに真っ先に話すのだぜ」

「勝五郎さんや、わしは研ぎ屋の爺じゃぞ。南町の使い走りではないわ」

と答えながら、

（おりょうは浅草で絵筆と絵の具を買うことができたであろうか）

と考えた。

（おお、そうだ。大番頭どのが紙を用意しておくと言っていたがどうなったかな）

と取り留めのない考えに落ちながら五体をしっかりと温め、

「よし、本日は朝から本業に精を出す」

と己に気合いを入れた。

「なに、この足で久慈屋に参るか」

「そうするつもりだ」

「おれはひと眠りするぞ」

と二人は言い合って湯船から上がった。すると柘榴口《ざくろ》を潜って町内の隠居方が姿を見せた。


小籐次が久慈屋にいくと手代の国三らが店の前の掃き掃除をしていた。

「おや、本日は早うございますね」

「国三さんや、駿太郎ばかりに仕事をさせるわけにはいかんでな。時に親父の威厳も見せぬとな」

「ならば早めに研ぎ場を設えておきます。大番頭さんが台所で茶を喫している時分ですよ。早い朝餉を食して駿太郎さんが姿を見せる前に仕事を始めて下さい」

と国三に言われて小籐次は久慈屋の通用口から店に入り、馴染みの台所の板の間に行った。すると観右衛門は大黒柱下の定席、火鉢の前で茶を喫していた。

「昨夜は遠慮されましたか。おまつが赤目様の夕餉の膳も仕度しておりましたがな」

「それは相済まぬことをした。いや、なんとのう、古木屋の隠居与四郎さんが通っていた金春屋敷裏の煮売酒屋幾松を覗いてみたくなったのだ」

「なんぞ分かりましたか」

「与四郎さんが数日前山王町へ戻っていて、倅の勘五郎さんと店に顔を出したそうだ」

「隠居は、倅さんやお孫さんに別れの挨拶に来ておりましたか」

「まさかさような考えで山王町を訪ねてきたわけではあるまいがな」

　と小籐次が応じると観右衛門が茶を淹れて供してくれた。

「頂戴しよう」

「朝風呂に行ってこられましたな」

「勝五郎さんとな、一番風呂でさっぱりとしてきた」

　と小籐次が茶碗を手にとると、

「赤目様は仕事をする気だね、昨晩の菜も残しておるでな。奉公人の前に朝餉を食しなされ」

とおまつが一つだけ膳を運んできた。

「おまつさん、済まぬな。一番風呂のあとは一番めしか、恐縮至極じゃな」

「ならば、私の膳も仕度して下され。赤目様にお付き合いしよう」

と観右衛門も早い朝餉を食して仕事をする気になったようだ。

そんなわけで小籐次は店の内外の掃除をしている奉公人たちが朝餉を食する前に食べ終え、そそくさと店に戻ると、国三が二つ研ぎ場を設えていた。

どうやら昨日、駿太郎は下地研ぎをせっせとしたらしく、久慈屋と京屋喜平の道具の二つの布包みが置かれてあった。

前掛けをきりりと締めた小籐次は、ぱんぱんと腹を叩いて気合いを入れ、研ぎ場に腰を下ろすと、久慈屋の道具の一つに手をつけた。

季節が季節だ。洗い桶の水が冷たかった。だが、仕事を始めるとそのようなことは忘れた。

小籐次の体に冬の陽射しが差し始めた刻限、

「父上、やはり新兵衛長屋に泊まられましたか」

駿太郎の声がして、小籐次は研ぎの手を休めた。

「望外川荘に変わりはないな」

「昨日、母上の供でお鈴さんとお梅さんは浅草で寺参りをして鰻を食してきたそうです」

「おお、それはよかったな」

「お鈴さんは、鰻のかば焼きを食したのは初めてだったとか、あんなに美味しい食べ物とは思わなかったと感激していました」

「ところでおりょうは絵筆や絵の具は購《あがな》えたのであろうか」

「浅草寺のお坊さんがお客さんだという老舗の筆屋で絵筆も購い、岩絵の具はいくらか買えたそうです。なんでも絵の具を扱うお店は、日本橋付近にあるとか、絵を本式に描く前にはその店を訪ねると言っていました」

「そうか」

「ああ、そうだ。大番頭さんから何種類もの紙を預かりました。大番頭さん、母は大喜びでしたよ」

と最後の言葉を帳場格子の中の観右衛門に向けて、駿太郎は礼を述べた。

「役立ちそうですかな、駿太郎さん」

「さすがに久慈屋さんですね、浅草付近ではあのような紙は見つけられなかったと喜んでいました。本日から下書きを始めるそうです」

と観右衛門に言った駿太郎が小籐次の傍らに座し、父子二人での研ぎ仕事が始まった。

久慈屋の一角の研ぎ場には緊張と沈黙が漂った。

どれほど二人が研ぎに熱中した頃か。芝口橋を往来する人の流れが不意に変わったと思ったら、空蔵の声が響き渡った。

「芝口橋を往来の衆に申し上げます。私、読売屋の空蔵が天下の赤目小籐次と駿太郎父子に成り代わり、江戸を長い間留守にしたお詫びを申し上げます。ご覧のとおり父子はあのように江戸を不在にした間に溜まった研ぎ仕事を再開致しました。これまでどおりのご贔屓《ひいき》のほど、よしなにお願い申します」

と余計な言葉を加えて挨拶すると、

「おい、ほら蔵、赤目小籐次一家が江戸へ戻ったのは何日も前だ。研ぎ仕事だって昨日もやっていらあ。なんでおまえさんが天下の酔いどれ様父子に代わって詫びなんぞをいうんだよ」

と馴染み客から突っ込みが入った。

「そ、それはよ、こっちの都合もあるんだよ」

「なんだ、酔いどれネタで稼ごうって話か」

「まあ、そうだ」

と気持ちを切り替えた空蔵が、

「いいかえ、赤目一家が江戸から遠い丹波の国のさる大名家を訪ねたには曰くがございましてな。駿太郎さんの実父実母の墓参りがいちばんの目的だったんだよ、ご一統」

ほうほう、という感じでだれもが空蔵の口上を待った。

「お墓参りは無事に済ませたとなれば、赤目父子がなにごともなくそのご城下を立ち去るわけもなし、隣りの藩まで遠出してな、駿太郎さんの実母を知る人に話を聞きにいったんだよ」

「さる大名家ってどこだよ。勿体ぶるねえ、酔いどれ小籐次様一家が訪ねた先は老中青山様の国許丹波篠山だろうが、ほら蔵」

「おい、そう大声で叫ぶでない。お互いさ、阿吽《あうん》の呼吸で、ああ、篠山の殿様の城下を父子とおりょう様が訪ねたな、くらいが差し障りないんだよ。いいか、ともかくこんなご時世に赤目一家が旅して、なにもなくすむ筈などあるわけもない、情けあり、剣術あり、研ぎ仕事ありの盛りだくさんの酔いどれ話だ、ささっ、買っていきな、一枚四文だ！」

と空蔵が腕に垂らした読売を竹棒の先で、ぽんぽんと叩いた。

「遠い丹波篠山の話な、江戸近くで騒ぎは起こらないのか」

「そう言いなさんな。どこに行こうと酔いどれ小籐次様の情けある行いに変わりがあるわけじゃなし、この読売を読んでよ、赤目小籐次様の人柄を偲びねえな」

「なに、酔いどれ様は元気で仕事をしているじゃないか。身罷《みまか》った人みたいに人柄を偲びねえだと。他には騒ぎはねえのか」

しばし考えた空蔵が言った。

「ないこともない」

「ないのかあるのか、ほら蔵」

馴染みの職人が空蔵に食いついた。

「うん、この界隈のさ、畳屋のご隠居さんが身罷ったんだよ」

「どこの隠居だ。年寄りが死ぬのは順番だからさ、致し方ねえな」

「それがな、どうも押込み強盗にやられなさったんだよ」

界隈の住人一家に関わる話だ、空蔵の声も小さくなった。

「だ、だれだい。畳屋の隠居って、この界隈は畳屋が多いんだよ」

「山王町の古木屋のご隠居だ」

「なに、与四郎さんがか。そりゃ、大変だ。悔やみを言ってこよう」

といきなり集まった半分ほどの客がいなくなり、残った人が空蔵の読売を買ってくれた。

気落ちした空蔵が売れ残った読売を持って悄然と久慈屋に入ってきた。

「酔いどれネタも遠い丹波篠山だと駄目だな」

小籐次と駿太郎の研ぎ場を避けるように久慈屋の店に入ってきた空蔵が、どさりと上がり框に音を立てて座り込んだ。

「どれどれ、私が一枚頂戴しましょう」

帳場格子を出た観右衛門が四文を手に空蔵の傍らに座り込み、

「大番頭さん、売れ残りだ。好きなだけおいていくよ」

と空蔵が小籐次の背を見て、溜息を吐いた。

その傍らで観右衛門が、

「ふんふん、ほうほう」

と言いながら小籐次一家の篠山話を読み終え、しばし沈思し、

「空蔵さんや、過日の下書きにだいぶ手をいれなさったな。雅な囃子《はやし》の出迎えと

曳山《ひきやま》に乗っての篠山城下入りから駿太郎さんの実母様のお墓参りと、しっとりとした文章でなかなか読み応えございますぞ。この読売はね、飛ぶように売れなくてもいい、赤目小籐次様の人柄を知る人が読んで、得心なさる読み物ですよ」

と言った。

「ほう、そうかえ」

と急に元気になった空蔵が、

「ならば口上を変えてさ、日本橋で売り込んでみるぜ」

と読売を二、三枚久慈屋の上がり框に置き、店を飛び出していった。

観右衛門は一枚を若い主の昌右衛門に渡し、昌右衛門も帳簿つけの手を休めて、読売に目を通した。

昌右衛門がにっこりと笑った。

「ご当人の赤目様やおりょう様から聞く篠山での出来事はむろん感心いたしました。ですが、空蔵さんの筆になると、また一風趣向が変わった読み物になっておりますね。駿太郎さんの気持ちや赤目様とおりょう様の安堵した想いが読売から伝わってきます」

「で、ございましょう。空蔵さんもなかなかやりますな」

と応じた観右衛門が、

「なにしろ芝口橋そばの古木屋の隠居一家の非業の騒ぎが合わせて載っておりますからな、客の関心はついそっちに引っ張られてしまいました」

と言い足した。

四つの刻限、観右衛門が、

「赤目様、駿太郎さん、少し手を休めませんか」

と二人に声を掛けた。

「おお、かような刻限ですか」

と表の冬の光の傾きを見た小籐次が観右衛門に応じた。そこへおやえがお盆に淹れたての茶と内山町の甘味屋の大福を載せて運んできた。

「おやえさん、有難う」

「陽射しがあるとはいえ、研ぎ仕事は水を使うわ。お茶で温まって」

と言ったおやえが、

「おりょう様にお土産よ」

と二つ折りの読売を駿太郎に渡した。

「あれ、空蔵さんの読売ですか」

「そうよ。私、泣いちゃった」

とおやえが不意に言った。

えっ、と駿太郎が不思議そうな顔をした。

「よい話ばかりですね、篠山では」

と昌右衛門も言った。

駿太郎は首をひねり、小籐次は黙って茶を喫していた。

「旦那様、空蔵さんは二回か三回の続きものを考えてませんかね」

「大番頭さん、当然、これ一回では終わりませんよ」

と亭主の代わりにおやえが答えた。

若い昌右衛門はにこにこと微笑んでいた。

「ご一統、読売を何度もにぎわすほどの篠山滞在ではないがのう」

と小籐次がぽつんと呟いた。

「赤目様は読売を読まずともようございます。でも、おりょう様にはぜひ読んで頂きたいの。いいお話なんだから」

「おやえさん、篠山の私たちがいい話になったのですか」

「そうよ、おりょう様がお読みになったあと、感想をお聞きになるといいわ」

「父上は読んでは駄目なのですね」

「赤目小籐次様ってご仁は、照れ屋さんなのよ。自分が読売に書かれていると思うと、きっと体がむずがゆくなるんだと思うな」

と言いきった。

「そうなのですか、父上」

と駿太郎が念押しし、

「ふうっ」

と大きなため息が小籐次の返答だった。

駿太郎は黙って読売を懐に仕舞い、大福に手を伸ばした。

「うちのお父つぁんが次の芽柳派の集いが楽しみだと、今からそわそわしているわ。集いは明々後日《しあさって》なのにね」

「どうしてでしょう」

「『雪の朝二の字二の字の下駄のあと』の詠み手田ステ女さんの話が聞きたいんですって」

「六歳でこんな俳句を詠めるなんて天才ですよね。一度聞いたら忘れないし、風景が頭に浮かびます。剣術の奥儀もきっとこの五七五のように易しくて、それでいて奥が深いのでしょうね」

「駿太郎さんは天下の武芸者赤目小籐次様に育てられたお子ですよ。きっと六歳のステ女様のように剣術の奥義を心得ています」

おやえが言うのを聞きながら、小籐次は近ごろ大人の間でばかり時を過ごす駿太郎の先々に漠とした不安を感じていた。

第三章 絵習い

一

一刻ばかり父子は研ぎ仕事に専念した。

小籐次は手を動かしながら最前から頭にこびりついた考えを拭いきれないでいた。それは十二歳の子である駿太郎にとって、育ての親の小籐次とおりょうや、久慈屋一家を筆頭に客も大人ばかりで一日を過ごすことがよいことかどうか、ということだ。新兵衛長屋の住まい時代とは違い、須崎村の望外川荘では駿太郎が同じ年ごろの朋輩と時を過ごせないことを気にかけていたのだ。

小籐次から見ても素直な十二歳だ。だが、小籐次はその齢のころ、下屋敷を抜け出しては仲間たちと悪さをすることばかり考えていた。悪事がばれると父親は小籐次を折檻したが、反抗が止むことはなかった。同時に父親から叩き込まれた来島水軍流の剣術や竹の扱いや研ぎ仕事がいまの赤目小籐次の暮らしを支えていることも確かだった。品川宿界隈の仲間との付き合いと父親の厳しい稽古の両方が大事であったのではないか、そんな考えにたどりついた。

一方、駿太郎は実に素直に大人の間で育っている。

（このままでよいのかのう）

おりょうに聞いてみるか、などと考えていると、人影が父子の前に立った。長屋のおかみさんが研ぎ仕事を頼みに来たのではない。

おしんだった。

先に気付いた駿太郎が顔を上げ、

「おしんさんだ、いらっしゃい。お鈴さんは元気に望外川荘で母上やお梅さんと過ごしていますよ」

と話しかけた。

「迷惑はかけてないの」

「いえ、迷惑なんて。それより、母上が篠山で見た『鼠草紙』の絵巻物を忘れないうちに創るという作業を手伝ってくれています」

「あら、おりょう様は『鼠草紙』を創る心算《つもり》なの」

「絵筆や絵の具を揃えて、久慈屋さんから頂戴した紙に下書きを始めたばかりです」

「あのお伽草紙、母親に幼い折に話を聞かされたばかりで、見た覚えがないの。おりょう様の描かれる『鼠草紙』が完成した折に見せて頂けたら、母親のうろ覚えの話にも、きっと違った想いが生じるわね。楽しみよ」

とおしんが言い、小籐次に視線を向けた。

「おしんさんや、何度も無駄足を踏ませたらしいな。なんぞ御用かな」

「殿の使いです」

とおしんが答えた。頷いた小籐次が、

「駿太郎、しばし休憩を致そうか」

と言った。

そんな三人の様子を見ていた観右衛門が帳場格子の中から、

「店座敷を使いなされ」

と声をかけてきた。

「お借りしよう」

小籐次は研ぎ場から立ち上がると前掛けを外した。

「父上、私は台所におります」

駿太郎が応じ、

「話が済んだら私も久慈屋さんの台所に伺っていいかしら」

とおしんが観右衛門を見た。

「おしんさん、もちろんようございますよ。店の台所は大名屋敷のとは違いましょうでな」

二人の会話を聞いた小籐次は、藩主青山忠裕の用事がさほど大事とも急用とも違うなと推量した。

「昌右衛門さん、大番頭さん、お邪魔致します」

おしんは店の端から広々とした板の間に上がり、とくと承知の小籐次が奥の店座敷に案内した。

「赤目様、従妹のお鈴がお世話になっております。お邪魔ならばいつでも藩邸に引き取りますよ」

「最前、駿太郎が答えたな。おりょうも篠山への旅の余韻を楽しんでおるようじゃ。どのような『鼠草紙』に仕上がるか知らぬが、お鈴さんの助けが要ろうしな、なにより望外川荘が華やかでよいわ」

「お鈴は河原町の町屋生まれ、江戸藩邸より望外川荘が気楽なのかもしれませんね」

と言ったおしんは帯の間から包みを出して小籐次に差し出した。

「なんじゃな」

「篠山の旅の費《つい》えの埋め合わせにせよ、と殿が申されました」

「われら、篠山で世話になりこそすれ、費えを頂戴することをなした覚えはないがのう」

「殿の気持ちを察して下さい。武家方ゆえ大した金子ではございませんが」

小籐次は困惑の表情でおしんを見た。

おしんがもう一つ懐から紙片を取り出した。どうやら空蔵の読売と思えた。

「この読売にございますがね、城中で評判になっておるとか、『天下の赤目小籐次一家がわざわざ丹波篠山を訪ねたそうな、さすがに老中青山様は、あの酔いどれ小籐次を働かせておるわ』とか、読売に書かれていること以外に噂が噂を呼んでおりますそうな」

「そ、それはいかぬな。老中に迷惑をかけ申した」

「赤目様、殿は大いに満足なさっておられるのですよ」

「研ぎ屋風情と付き合いおってと、上様にお叱りを受けぬか」

「とんでもない。なにより赤目様方の篠山行は殿が前もって上様にお断りしておられたのでございます」

「なに、わが一家の篠山行は旅の前から上様のお耳に届いておったか」

「はい」

「駿太郎の実の両親の墓参りじゃと得心して頂いたのであろうな」

首肯したおしんが、

「赤目様は殿の代役を務められ、篠山藩の家臣方の気の緩みを引き締められたばかりか、小出家の家名まで残す手立てをお考えになられたのですよ。藩の重臣方が束になってもできぬことを赤目様は殿に代わって成し遂げられたのです。かようなことは上様も世間も知らぬことでございます。最前も申しましたが殿のお心遣い、快く受け取っては頂けませぬか」

と続け、そこまで言われた小籐次は、奉書包みを両手で拝受した。

「おしんさん、殿にくれぐれも宜しゅう伝えて下され」

「承知致しました」

おしんは大役を果たしたかのように安堵の表情を見せて応じた。

「おしんさん、殿の御用はこの一件だけかのう」

「いえ、もう一つ、いえ二つ」

とまたおしんが恐縮の体《てい》で言った。

「なに、二つじゃと。言いなされ、殿のお気持ちを頂戴したのだ、なんなりとな」

「昨日、品川宿八ッ山に参られたとか」

「この界隈の畳屋の隠居夫婦と女衆が押込み強盗に襲われ、身罷られたでな。難波橋の秀次親分に同道した」

「いかがでしたか」

「例幣使杉宮の辰麿一味の仕業を気にしておるか」

小籐次の反問におしんが小さく頷いた。

「残虐非道な殺しだが、例の押込み強盗の例幣使杉宮の辰麿一味にしては、なぜ古木屋の隠居所に目をつけたか、いささか不審に思うた。あの界隈には江戸でも名代の老舗の豪奢な隠居所がいくらもある。古木屋のほうはどちらかと申せば、盆栽が愉しみな地味な隠居暮らしじゃぞ」

「隠居所に持ち金とてそうございませんか」

「と、聞いたがのう。城中では杉宮の辰麿が江戸で非道を働くことを気にしておられるか」

「上州の代官所などから一味の所業が明らかになるにつれ、当初考えていた以上に殺された人数も多く、ただ今の段階で六十人を超えております、また強奪された金子も二千両近いとか。その上、杉宮の辰麿、ご公儀の転覆を目論む考えを押し込んだ先の襖などに仰々しくも書き連ねていったようでございます」

「なんとのう。ご公儀を倒そうなど、押込み強盗風情がなにを考えておるのか」

「京の朝廷に政《まつりごと》を任せよとも書かれていたとか。在所は凶作続きで、百姓衆は田畑を捨てて逃散しておることは赤目様に申し上げるまでもございますまい。この者たちが杉宮の辰麿に賛同することを殿は恐れておられます」

小籐次は老中青山忠裕の危惧をようやく察することができた。

「さような考えの持ち主なれば、最後に押込み強盗を果たすのはこの江戸じゃな」

「赤目様はなぜ秀次親分の誘いに乗られたのでございますか」

「このところ関八州では凶作が続き、百姓衆は逃散して江戸へと逃げ込む者も多いと聞く。とは申せ、例幣使杉宮の辰麿一味に政をうんぬんしようという考えなど毛筋ほどもあるまい。親分の話を聞いても金目当ての押込みかと思うておった。ともあれ古木屋の隠居所を見てみようと同道したがな、杉宮の辰麿一味が狙うには、いささか地味な隠居所であったな」

「杉宮の辰麿一味の他にも押込み強盗はいくらもおりますからね」

おしんの言葉に小籐次が首肯した。

「この一件に関しては町奉行所も関東取締出役も必死の探索を続けております。なんぞ一味の尻尾でも捕まえられるとよいのですが」

「おしんさん、杉宮の辰麿一味について代官所から届いた書付けを読むわけにはいかぬか」

いくら代官所を監督する老中とはいえ、幕府の組織は複雑極りなく書付けが城外へと持ち出されることは至難の業と小籐次にも思えた。

しばし考えたおしんが、

「殿にお願いしてみます」

と約定し、小籐次は首肯した。

「おしんさん、もう一つの願いとはなんだな」

「赤目様、上様が殿に申されたことにございますが、葛飾郡のお鷹狩りに参った帰りに望外川荘に立ち寄れぬかとの頼みだそうです」

「確か以前にもさような話を聞いておるな」

はい、とおしんが頷いた。

「過日、城中で御酒を馳走になったな。その返礼に上様をお迎えするのは構わぬが、おしんさんや、この一件、例幣使杉宮の辰麿一味を捕縛したあとのほうがよくはないか」

「私もさよう考えます」

とおしんが同意し、

「殿に赤目様のお返事を申し上げます」

と言った。

久慈屋の台所で大番頭の観右衛門やおやえが駿太郎を交えて、茶を喫していた。そこへ小籐次とおしんが加わり、賑やかになった。

おしんは篠山藩の家臣団のどの序列にも加わっていないように思えた。

藩主の青山忠裕が老中職について、とある時期から老中付きの密偵となったことを小籐次は承知していた。ゆえにおしんはどのような場所にも直ぐに溶け込み、時には人の陰に隠れて身を潜ませる術を承知していた。

だが、久慈屋の台所は格別気を使う場所ではない。

たちまちその場の会話に溶け込んだ。

おまつが考案したという薩摩芋を細長い短冊形に切り、油で揚げて砂糖をまぶした手製の菓子を摘まみ、

「あら、これはおいしいわ」

と食した。

「どうです、赤目様も試されたら」

「わしか、贅沢をいうようじゃが、芋はどうも相性が悪くてな」

と小籐次が困った顔をした。

「父上にも嫌いなものがございますか」

と駿太郎が驚きの表情で見た。

「駿太郎、おりょうにいうてはいかぬぞ、内緒じゃぞ」

「では、これから芋がわが家で出てきたときには、駿太郎が食べて差し上げます」

「頼もう」

ふっふっふふ
　とおしんが笑い、

「天下の酔いどれ小籐次もおりょう様には芋が嫌いなどとは言えませんか」

「おしんさん、滅相もない。そのようなことが言えるものか。望外川荘で供されたものは、黙って食するのみだ」

「ふうーん」

　とおしんが唸り、小籐次を見た。

　おしんが戻ったあと、父子は研ぎ場に戻って仕事に入った。

　半刻（一時間）が過ぎた頃合いか、秀次親分が研ぎ場の前に立った。

「昨晩はご苦労にございました」

「なんぞござったか」

「赤目様、一足違いでようございました。八州廻りの横柄な連中が古木屋の隠居所を訪れましてな、あれこれと調べていきましたんで」

「八州廻りがのう。あの者たちも杉宮の辰麿一味の仕業と思うたのであろうな」

「と思えます。八州廻りの連中、襖に落書きなど残しておらぬかと、気にしておりましたな」

「近藤どのもその場に居られたか」

「はい。町奉行所が知らぬことを八州廻りが承知のようじゃ、と不快な顔をしておられました」

俗に八州廻りと呼ばれる関東取締出役は、文化二年（一八〇五）に設けられた。その名のとおり関東地方の治安悪化の改善と風俗統制のために設けられた役職だ。代官の手付・手代から選ばれた面々は老中の管轄下にある勘定奉行支配下にあった。一方、在所は別にして江戸府内の治安維持と物価統制は、幕府開闢以来、町奉行所が負ってきた。この新旧二つの組織は、取締や捕縛のやり方を巡って悉《ことごと》く対立していた。

「近藤どのに告げてくれぬか」

手近に秀次を手招きした小籐次は、おしんから聞いたばかりの例幣使杉宮の辰麿一味が、幕府に反感を持つ集団であり、代官所領などで押込み強盗を働いたあと、襖などに落書きを残していったことを告げ知らせた。

その話の間、駿太郎はせっせと研ぎ仕事を続けていた。

「なんとさような所業をなしておりましたか」

「という話だ」

秀次はだれからこの話を聞き知ったかとは尋ねなかった。小籐次の人脈は秀次のそれとは違っていたからだ。

「八州廻りの連中が落書きのことを知りたがったわけが分かりました。となりますと、八ッ山の古木屋の隠居所は、奴らの仕業ではございませんな」

「それじゃがのう。なんとのう喉に小骨が引っかかったようでな」

「気にかかりますかえ」

「あの残虐な殺しがな。どう見ても一人の仕業ではあるまい、数人の仕業であろう。金子を奪うだけならば老夫婦と女衆を殺す要があろうとも思えぬ。その辺が気にかかるな」

「杉宮の辰麿一味を真似したと考えられませぬか」

「親分とてよう知らぬ所業じゃぞ。どうして真似るな」

「それもそうでございますね」

研ぎ場の前でしばし考え込んだ秀次が、

「わっしはちょいと近藤の旦那と相談して参ります」

と言い残して去っていった。

　すると最前から芝口橋の袂《たもと》の柳の木の下に背を向けて立っていた読売屋の空蔵が、すっ、と寄ってきた。

「お陰様でよ、篠山話が評判いいんだよ。おしんさんとおりょう様に礼を申し上げたいのだがな」

「その要はあるまい」

「なぜだよ」

「二人してそれなりに忙しかろう。われらもまだ京屋喜平の道具の手入れが残っておるでな。今日じゅうに仕上げぬと釜の蓋が開かぬわ」

「なに、酔いどれ様の内所も苦しいか」

「長旅で蓄えた金子は使い果たした。せっせと仕事をせぬと、おりょうから離縁を申し渡されよう」

「なにっ、天下の酔いどれ小籐次が女房から三行半《みくだりはん》を突き付けられているのか」

　といった空蔵がしばらく考えていたが、

「あのな、ものは相談だ」

　小籐次は返事もせず研ぎ仕事に戻った。

「篠山の旅の続きものを出させてくれたらな、なにがしか支払ってもいいがな。

どうだ、あちらの話をもう少しばかり聞かせてくれないか」

小籐次と駿太郎は競い合うように手を動かしていたが、

「駿太郎、おまつさんから塩を貰ってこよ」

「塩でございますか、父上」

「おおそうじゃ」

との小籐次の返事に立ち上がりかけた駿太郎が、

「なにに塩をお使いですか」

「われらの前に邪魔な者があろう。塩を撒けば消えてなくなろう」

と小籐次がいうと、にやりと笑った駿太郎が、

「空蔵さん、父上の機嫌が大層悪うございます。またの機会にして下さい」

と願い、研ぎ場に座り直した。

「な、なんだい。おりゃ、なめくじじゃねえや。赤目小籐次一家が貧していると

いうから助けてやろうとしたんじゃねえか、こちとらは親切だぞ」

と怒鳴りながら芝口橋から姿を消した。

「千客万来ですな」

と背中で観右衛門の声がした。

この日、小籐次父子はなんとか久慈屋と京屋喜平の道具の当座の手入れ分の目途をつけた。研ぎが出来なかった道具は望外川荘に持ち帰ることにした。

二

暮れ六つ過ぎに小籐次と駿太郎父子は望外川荘に帰り着いた。いつものようにクロスケとシロが気付いて船着場で飛び跳ねながら小舟を待っていた。その喜びの声にお鈴が迎えに出てきた。

「お鈴さん、おしんさんと会いましたよ。近々望外川荘に遊びにくるそうです」

駿太郎が櫓を漕ぎながら声をかけた。

小籐次はおしんが駿太郎にそんな言葉をかけていったかと思った。おしんはやはり従妹のお鈴を気にかけていたらしい。

「おしん従姉は忙しいのではないの」

「そうですね、おしんさんの御用は特別ですからね」

駿太郎が応えて小舟をぴたりと船着場に寄せた。

「お風呂が沸いていますよ、赤目様」

「有難い、お鈴さん」

小籐次が舫《もや》い綱《づな》を杭に結わえながら応じて、

「本日はどうしておった」

「おりょう様の手伝いです。『鼠草紙』の絵巻物の下書きを始められ、昼下がりからは明々後日の芽柳派の集いの仕度をなさっておられました」

「そうじゃな。おりょうの歌作の集いもだいぶ休んだからのう、門弟衆はもはや来られぬ方もおるのではないか」

と小籐次は案じた。

「来客はあったかな」

「いえ、今日はどなたも」

お鈴の返答を聞いて、空蔵も篠山の旅の話の続きを読売に書くのは諦めたかと、いささか安堵した。読売に赤目小籐次一家の名が載るたびに新たな騒ぎに巻き込まれるようで面倒であった。

「ああ、近くのお寺さんの息子さんが、赤目様と駿太郎さんに会いに来られました」

「おお、弘福寺に江戸に戻った挨拶をしておらなかったな」

明日の朝稽古は弘福寺の本堂でなすかと思いながら望外川荘の庭に出ると、西空に濁った光が薄く広がっていた。

「望外川荘にいると私が江戸にいるとは思えません。まるで丹波に暮らしているようです」

「それでは江戸に来た甲斐がないではないか」

「いいえ、川向こうに行けば賑やかな江戸が私を待っています」

とお鈴が嬉しそうに言い、

「父御や母御、それに篠山のことが懐かしくはならぬか」

「なりません」

と小籐次の問いにお鈴が明言した。

「お帰りなされ、湯が沸いておりますよ」

おりょうが縁側から男たち二人を迎え、二匹の犬は庭じゅうをいつまでも走り回っていた。

シロは伊勢から江戸へと三吉らに連れてこられ、今やすっかり望外川荘の飼い犬として馴染んでいた。それにつけても、

（畳屋備前屋に奉公に出た三吉はどうしていようか）

と小籐次は、シロの前の飼い主、三吉少年のことを思った。

父親の左官職の熊三が借財を巡って殺されたのは半年も前のことか。

その後、三吉は父親に代わる稼ぎ手として浅草寺御用達の畳屋備前屋に奉公をしていた。

三吉は直ぐにも給金がもらえ、大川を渡れば母親と弟らの住む長屋が近くにある浅草駒形町の備前屋を奉公先に選んだのだ。むろん後見として小籐次がいたから出来たことであった。だが、その後、小籐次一家が丹波篠山の旅に出たこともあって、備前屋で小僧の三吉がどのように暮らしているか、小籐次は知らなかった。すると駿太郎も、

「父上、三吉さん、どうしていますかね」

と父親と同じことを考えたらしく、駿太郎と同じ年齢で何人もの幼い子を連れて伊勢参りをやり遂げた三吉の身を案じた。

「わしもシロを見てな、三吉のことを考えておった。明日、備前屋に立ち寄っていこうか」

小籐次は明日、蛤町《はまぐりちょう》裏河岸の得意先を訪ねようかと思案していた。だが、三吉のことを思うと、先に浅草駒形町の備前屋で研ぎ仕事をするのもよいなと思い

直した。そう話すと、

「それがようございます」

と駿太郎が即座に賛意を示した。

父子が湯に浸かったあと、着替えをもってきたおりょうが、

「おまえ様、この包みは」

と訝しげな声で尋ねた。

「おお、忘れておった。おしんさんが久慈屋を訪ねてきてな、青山の殿様から預かったと篠山行の費えを頂戴したのだ。わしらの篠山行は私事、駿太郎の親御の墓参りであるし、世話になったのはこちらゆえ、金子など無用と抗うたがのう、青山の殿様はそうは考えなかったと見えて、その金子を下さった。老中というても商人と違い、手許不如意ゆえその金子で許せとの言葉つきでな、恐縮至極じゃな」

おりょうが脱衣場で微笑んだ気配がして、

「おまえ様が篠山でなされた行いを殿様は大層評価なされておられましたからね。直ぐにも別の御用を願われますよ」

「おお、そのことだ。上様が平井村のお鷹狩りを催された帰りに望外川荘に立ち

寄り、おりょうの顔を見ていきたいそうじゃ」

「まあ、わが父が聞いたら腰を抜かしましょうね」

と声を出して笑い、

「上様はいつお見えです」

「江戸に潜入した押込み強盗の一味を捕縛せんことには、上様はお鷹狩りに出るにも出られまい。今のところ日程は立たぬな」

「そのときはそのときでございますね」

「その金子、そなたの絵の具料にでもせよ」

と小籐次が言い、

「私の描く『鼠草紙』は篠山訪問の思い出、手慰みにございます。かような貴重な金子を使えましょうか」

とおりょうが固辞した。


翌朝、小籐次と駿太郎は弘福寺を訪ねて、がらんとした本堂で父子二人だけで稽古に励んだ。すると、倅の智永が姿を見せて、

「篠山から望外川荘に戻ってきたと聞いていたがよ、冷たいじゃないか」

と二人に文句をつけた。

「すまぬ。帰ったら帰ったであれこれあってな」

と小籐次が詫びて、

「その欠礼の代わりに稽古を致そうか」

「酔いどれ様とこのおれが稽古だって、仲間内で自慢にはなるがよ、稽古をつけられたあと、数日足腰立たぬのは目に見えていらあ。おれは見物に回る」

と智永が拒んだ。そこへ父親の住職向田瑞願《ずいがん》が姿を見せて、

「酔いどれ様よ、そなたがおらぬと酒もまともに飲めぬぞ。なんぞよき話はないか」

「そういえば新兵衛長屋に老中青山様から四斗樽が届いておったな。長屋で飲もうかと思うておったがこちらに持ち帰るか」

「さすがに酔いどれ小籐次じゃな、老中から四斗樽じゃと。豪儀じゃな。じゃが、何日も酒なしで干上がっておる。望外川荘に酒はないか」

「この界隈とて酒屋くらいあろう」

「ツケが溜まっておってどこも売っては呉れぬのだ」

小籐次は懐に用意していた一両を智永に渡し、

「本堂の使用料じゃ、酒屋に払って親父どのの酒を貰ってこよ」

と命じた。すると瑞願は、

「一両あれば数日の飲み料は確保できた。長屋にある四斗樽を運んでくるのは今宵でのうてよいわ」

「なに、和尚、そなた、長屋の四斗樽も飲み干すつもりか」

と小籐次は応えながら、青山の殿様から頂戴したという四斗樽の、

(礼をいうのを忘れておったな、それにしても丹波杜氏《とじ》の四斗樽といい、こたびの金子といい、青山家から重ね重ねの贈り物、いささか丁寧すぎるな)

と考えた。

ともあれおしんに早々に礼を申さねばならぬと思った。

「酒が足りぬくらいでこちらの父子ともに息災のようだな」

「智永がいま一度本寺で仏道修行に励むことになった。それくらいかのう、変わったといえば」

「智永さん、こんどは途中で諦めては駄目ですよ。それでは私と弘福寺道場での最後の稽古をしませんか」

「駿太郎さん、親父様のようにびしびし殴るのはいかんぞ」

「父上も私も智永さんとの稽古は手加減しています。最後に本気の稽古をしましょうか。きっと仏道修行の役に立ちますよ」

「剣術の稽古が本寺修行の役に立つとは思えんが、駿太郎さんの留守の間、おれもさ、独り稽古をしたからな、前のように簡単にはやられぬぞ」

と智永が言って、須弥壇《しゅみだん》の背後から七尺ほどの長さの棒を持ち出してきた。先端に綿でも入れたか布袋を装着した、手製のたんぽ槍を立てた智永は、

「駿太郎さんは竹刀でよいな」

と道具まで指定した。

「ものの本によるとな、僧兵は槍や薙刀《なぎなた》などを使うそうな。で、おれも僧兵に倣って長柄の槍の稽古に精を出した」

小籐次と瑞願は、見物に回った。

駿太郎と智永は間合い一間で礼を交した。すると智永がたんぽ槍を手にいきなり後ろに飛び下がり両手に構え、こんどはたんぽ槍の先を突き出しながら踏み込んできた。

駿太郎はその動きを見ながらゆっくりと正眼に竹刀を構えた。

「エイヤ、オー」

と智永は気合を発して小刻みに間合いを詰め、たんぽ槍の先で駿太郎の胸を突こうとした。

駿太郎が軽くたんぽ槍の先を弾いた。それを待っていたように智永はたんぽ槍を頭上に上げて駿太郎の面を高みから殴りつけようとした。

長い稽古槍だ。動きは緩慢だった。

それを見た駿太郎が大胆にも余裕をもって踏み込んで竹刀が躍り、たんぽ槍の柄を叩くと、智永の手から七尺の稽古槍が本堂の床に飛んで転がった。

「ああー、駄目か」

と智永が嘆息し、

「これで仏道再修行がなるかのう」

と父親の瑞願も頭を抱えた。

「智永、本日この時をもって、そなたの武術稽古は終わりじゃ。親父様の跡を継ぐべく仏道修行に専念せよ」

と小籐次が厳かな声で命じた。

五つ半(午前九時)の刻限、小籐次と駿太郎は浅草駒形町の備前屋を研ぎ道具

二組を抱えて訪ねた。すると最初に三吉が赤目父子を見つけて、

「あっ、赤目様と駿太郎さんだ」

と叫んだ。

三吉はお伊勢参りした折より背丈も一寸は伸び、しっかりとした顔付きになっていた。それを見た小籐次も駿太郎も、三吉が備前屋の小僧奉公に慣れたなと察した。

「三吉さん、元気そうだね」

三吉は親方の神太郎を見て、応対していいかと伺いを立てた。神太郎は、

「三吉、店のその辺によ、筵を敷いてよ、お二人さんの研ぎ場を拵えな」

と命じた。

「はい、親方」

三吉がきびきびと動いて研ぎ場を駿太郎と一緒に設え始めた。

小籐次は研ぎ場の設えは二人に任せて、

「神太郎さんや、長く留守にして申し訳ない。また仕事をさせてもろうてよかろうか」

と許しを乞うた。

「赤目様よ、おまえ様がいないとうちの隠居の口が一段とうるさいんだよ。時に姿を見せてくれないと、わっしらの仕事に差し障りがでる。赤目様方の旅は読売で承知だがよ、駿太郎さんの親父様とおっ母さんの墓参りだってね、ようも遠い丹波国まで旅をなさったね」

神太郎がいうところに隠居の梅五郎が綿入れを着込んで飛び出してきて、

「遅いじゃねえか、読売によると何日も前によ、望外川荘に戻ったんだろ。うちに愛想つかしたかと思ったぜ」

と叫んだ。

「おおー、ご隠居、本日はこちらで仕事をさせてもらってよいかな」

「そんな断りなんぞ酔いどれ様とこの梅五郎の間に要るかえ。一日と言わず、泊まりがけで二日でも三日でも仕事をしねえ」

と言った梅五郎が、

「おい、三吉、研ぎ場のそばに手あぶりを置きな」

と命じた。

「隠居、われらは外仕事に慣れておる、手あぶりなんぞいるものか」

「酔いどれ様のためじゃねえや、わしが煙草を吸ったりさ、手を温めたりするためのものだ」

「おお、隠居のな、ならば好きにされよ」

と応じた小籐次が、

「どうだな、新しい小僧さんは」

「おお、親父がいなくなった一家を支えようという強い気持ちを持っていらあ。根性がしっかりしているぜ、抜け参りに幼い子を何人も連れていっただけに、ここらにぼっといるよ、並みの職人とは違うな」

と職人衆を睨み回した。

「へいへい、ご隠居、わっしらは小僧にも敵わない、ぼっとした並みの職人でございますよ」

と若い職人が応じた。

「勘吉、てめえ、一人前の畳職人と胸が張れるか。おまえなんぞはお伊勢様どころか、六郷の渡しも一人で渡れめえ」

と怒鳴り返されて、勘吉と呼ばれた職人が、

「赤目様が見えたらよ、隠居が急に元気になりなさったぜ。赤目様もよ、あと半年ばかり旅をしてくるとわっしらは楽でしたがね」

職人たちはなにやかやいっても、隠居のことを案じているのだ。

小籐次は、紙問屋の地味な作業の久慈屋に三吉が奉公するより、元気のいい職人衆が揃った備前屋でよかったなと、安堵した。

「父上、研ぎ場が出来ました」

研ぎ場を二つ設える間、駿太郎と三吉の二人は話し合ったようで、三吉の顔も和んでいた。

「三吉、土間の端っこに空樽があるだろう、あいつを酔いどれ様の傍らに据えてくれないか、座布団も載せるんだぞ。尻が痛くなってもいけねえや」

と梅五郎が三吉に命じると、

「はい、ご隠居、すぐに用意します」

と土間の隅まで走っていった。

「おい、酔いどれ様よ、長い旅路だ。読売が書いていない武勇話があるのではないか」

と三吉が運んできた空樽に腰を下ろした梅五郎が、研ぎ仕事の手順を考える小籐次に言った。

「ご隠居、まずは一服していなされ」

と応じた小篠次が、

「駿太郎、わしがまず昨日の残り仕事を仕上げよう。そなたは備前屋さんの道具の粗研ぎを致せ」

「畏《かしこ》まりました」

二人の傍らに手入れをされる道具が置かれ、

「ほう、紙問屋久慈屋の道具か、畳屋とはやっぱり違うな」

と言いながら梅五郎が満足げに一服していると、備前屋の前をこの界隈の長屋のおかみさん連が通りかかった。

「おや、酔いどれ様の研ぎ場が久しぶりに出来たよ。それも駿太郎さんと二つ並んでさ、備前屋が乗っ取られたね」

「芝口橋の久慈屋では酔いどれ様のいない間には紙人形を看板がわりにしてさ、なんと二百両もお賽銭が上がったってねえ」

「備前屋でもさ、畳表で人形拵えたらさ、賽銭が上がるかねえ」

「畳表の人形ね、こちらには口うるさい隠居が一人いるからね、まず駄目だろうね」

と勝手なことを言い合った。

「備前屋の看板はこの梅五郎だ」

「おや、小言の隠居が看板がわりだってさ。そりゃ、賽銭なんて一文も上がりそうにないよ」

「おい、だれが賽銭を上げろといったよ。それより研ぎの要る包丁をもってくるのはな、明日以降にしな、本日はうちの道具で手いっぱいだ」

「はいはい、小言の隠居さん」

「包丁一本四十文だぞ」

梅五郎とおかみさん連が言い合う間に、小籐次と駿太郎は研ぎ仕事に取り掛かっていた。こうなると梅五郎も手の打ちようがない。

「おい、三吉、わしに茶をくれないか」

と三吉に命じ、三吉が台所へと飛んでいった。

三

おりょうは何度も『鼠草紙』の桜が満開の清水寺の一場景を描いた。ここには権頭や姫君をはじめ、お伽草紙に登場する多くの面々が描かれていた。

おりょうは、篠山に滞在中、お伽草紙の登場人物を画帳に墨で描いていた。だが、篠山では色まで付けることは叶わなかった。

横長の紙のほぼ中央に人間の女性《にょしょう》に憧れる権頭がいた。東山の一角からわき出る音羽の滝の傍らに桜の一枝を手にした姫君がいた。

おりょうはまず侍姿の鼠の権頭の顔に、先日浅草で購ってきた絵の具で色を付け、さらには姫君に色彩を加えてみた。

だが、お姫様の淡い紅色の衣装や手にする桜の一枝が、浅草で買い求めた絵の具では篠山の『鼠草紙』の色合いと違って見えた。

おりょうはあれこれと薄紅色を試してみたが、どうにも上手くいかない。

「お鈴さん、色合いが違うわね、篠山の本物の『鼠草紙』は特別な絵の具で描かれたのか、あるいは私が絵の具を使いこなしていないのか、これはしっかりと絵の具の使い方を学ぶ日にちが要るわ」

お鈴も篠山藩の『鼠草紙』と異なると思い頷くと、

「おりょう様、浅草で買い求められた絵の具だけではあの『鼠草紙』と同じにはできないかもしれませんよ」

「桜が満開の清水寺の春の光景には、いろいろな色が使われていましたものね」

おりょうは色付けすることをいったん放棄して、墨一色で清水寺の権頭とその一統、音羽の滝で水にうたれる女衆、それを見詰めるお姫様と中将や付け人たち、清水寺の舞台から見下ろす花若どの、藤左衛門などの人物の配置を描いていくことにした。だが、一日では広大な清水寺の光景は描き切れなかった。絵筆と絵具の使い方を少しばかり学んだだけに終わった。

「お鈴さん、私には手に負えないかもしれませんね」

「いえ、おりょう様ならきっとお出来になります」

とお鈴がおりょうを励ましたそのとき、クロスケとシロの吠え声が湧水池のほうから聞こえてきた。

「ああ、旦那様と駿太郎さんのお帰りです」

お鈴が庭の向こう、不酔庵の雑木林を見た。

「お迎えに行ってきます」

と言い残したお鈴が、縁側の沓脱石《くつぬぎ》から草履をつっかけて船着場へと走っていった。

船着場ではいつものように二匹の犬たちが体をくねらせ、尻尾を大きく振って小舟を待ち受けていた。

水路のほうに小舟が見え、櫓から棹に替えた駿太郎が船着場を見た。

「お帰りなさい」

「お鈴さん、ただ今」

駿太郎がお鈴に答えた。

小籐次は、すっかりお鈴が望外川荘の暮らしに慣れたことを見てとった。

「今日はいつもより早うございましたね」

「ええ、久慈屋さんではなく大川の向こう岸の得意先でしたからね、大川河口から内海に入ることもありません。あちらから流れを遡っても四半刻もかかりません。備前屋さんという畳屋で仕事をさせてもらったのです」

駿太郎は久慈屋まで小舟で独り往復し、小籐次が仕上げた道具類を届けたことは話す間がなかった。お鈴が矢継ぎ早に質したからだ。

「畳屋さんもお得意先なの」

「はい。浅草寺の御用達の大きな畳屋さんです。職人衆も何人も働いておられます」

「赤目様の得意先は江戸じゅうにあるのね」

「父上が近々お鈴さんを深川の得意先に連れていきたいというておられました

よ」

「深川ってどんなところなの」

「隅田川のこちら岸ですが、内海に近いところです」

駿太郎が手慣れた棹さばきで船着場に小舟を着けた。

クロスケとシロが競うように駿太郎に寄っていき、頭を撫でられて大喜びをした。

小籐次が舫い綱を杭に結び、二人は小舟から船着場に上がった。

本日やり残した備前屋の道具の研ぎを望外川荘にて明日にもする心積もりだった。

「お鈴さん、本日もおりょうの手伝いか」

小籐次の問いに、

「おりょう様が『鼠草紙』を描く手伝いをしておりました」

と答えた。

「どうだな、うまくいきそうか」

「浅草で買い求めた絵の具では、篠山の『鼠草紙』の色合いが出ないとお困りです、どうにも安っぽいのです」

「おりょうとて、そう一朝一夕にいくものか」

「赤目様、おりょう様は細やかな筆遣いで『鼠草紙』の物語を最初から仕舞いまで認めておられます。あの文字が巻紙に認められただけでも、見ごたえがありましょう」

「なに、おりょうは『鼠草紙』の全文を篠山で書き写しおったか」

「はい」

「まあ、文字を書くのは歌人の務め、それはなんとかなろうがな、絵は別物じゃからのう」

と小籐次は答え、駿太郎と手分けして研ぎ道具と手入れする刃物を望外川荘に運んでいった。

おりょうは十二畳の座敷に広げた巻紙やら絵の具やら筆を片付け終えたところだった。

駿太郎と小籐次は縁側で仕事をする心積もりで、研ぎ道具類をそこへ置いた。

「おりょう、芽柳派の集いは明後日であったな」

「おまえ様、なんぞ差し障りがございますか」

「いつ集いをやろうと差し障りなどないわ。偶には望外川荘で駿太郎と二人、仕事をしようと思うてな、備前屋の刃物を預かってきたのだ」

「偶にはうちでのんびりされるのもようございましょう」

とおりょうが言った。

「お鈴さんに聞いたが、『鼠草紙』のおりょう流を描き始めたか」

「おまえ様、私がやらんとしているのは篠山で見た『鼠草紙』の写しにございます。ゆえに記憶が残っているうちにと始めてはみたものの、なかなかうまく描けません」

「絵の具のせいかのう」

「絵の具の違いもございましょうが、私に技量がないことが、うまくいかぬ大きな理由にございましょう」

小籐次はしばし考えた。

隅田川の流れ越しに望外川荘に冬の西日が差し込んでいた。

「おりょう、『鼠草紙』の絵を忠実に引き写そうとするのはそれほど大事なことではあるまい。それより記憶を確かめつつもおりょうが篠山で感じとった『鼠草紙』の絵巻物を描くほうがよくはないか」

「りょうが感じた『鼠草紙』でございますか」

「そなたは『鼠草紙』の全文を筆記してきたそうじゃな。物語はしっかりとあるのだ」

「閑《ひま》に飽かせて『詞書《ことば》き』は筆写して参りました」

と言ったおりょうが、

「いつの比《ころ》にやありけん。都四条堀川の院のほとりに、ねずみのごんのかみとて、年月をおくりたるふるねずみあり。末代じょくせのことわりにや、かのねずみ、雨中のつれづれに、家の子にあなほりの左近《さこん》のじょうをまぢかくめして申けるようは、いかに左近のじょう、われさきの世のいんがもありけん。おなじちくしょうにうまれながら、かかるしょうちくとなる事、むねんなり……」

「ちと待て、以前聞いたように思うが、それは『鼠草紙』の物語の始まりであったかのう。うーむ、老いかのう、なにやらお伽草紙というよりは念仏に聞こえるわ」

「いかにもさようです」

「雅な経に聞こえるが、やはり絵があったほうがよかろうな」

と小籐次は考えを変えた。

「で、ございましょう、わが君」

「そなたの口の端から洩れた『詞書き』に付された絵はどれほどあるか」

「十二段の詞書きと絵とが組み合わされ、『鼠草紙』の物語がなりたっております」

「ほう、十二段の詞書きと絵な。わしの考えは最前申したな、そなたは篠山まで旅して、『鼠草紙』に出会い、田ステ女様の行跡に触れたのだ。ゆっくりとな、腰を据えて、この江戸でおりょう流『鼠草紙』を拵えてみぬか」

しばし沈思したおりょうが、

「考えてみまする」

と応じた。


翌朝、小籐次と駿太郎の父子二人だけで庭で真剣を抜き打つ稽古を一刻ほど続け、朝湯に浸かった二人は朝餉のあと、縁側に研ぎ場を設けて備前屋の道具の手入れを始めた。

おりょうはこの日、『鼠草紙』を描こうともせず、明日の芽柳派の集いの準備をなした。

お鈴はお梅といっしょに台所仕事を手伝っていた。

シロの吠え声がした。だが、クロスケは吠えなかった。シロも直ぐに吠えるのを止めた。

泉水に突き出た不酔庵の陰から望外川荘の庭に人影が現れた。

「あっ、銀太郎さんですよ、父上」

駿太郎が小籐次に言った。

陽射しから見て四つ半（午前十一時）過ぎかと小籐次は思った。

「赤目様、本日は望外川荘でお仕事でしたか」

と緊張した銀太郎の顔がいささか当惑した表情に変わった。

「よう分かったな」

「へえ、駒形町の備前屋に聞いて参りました」

「なんぞ起こったようだな」

「へえ。弥左衛門町の横丁を赤目様はご承知でございますか」

「名は聞いたことがあるがどこであったか」

「父上、南町奉行所のある数寄屋橋近くの横丁ではありませんか」

「駿太郎さん、そのとおりだよ」

と銀太郎が答え、

「まさか南町のそばで押込み強盗が入ったというわけではあるまいな」

「やられました」

「例幣使杉宮の辰麿一味の仕業か」

難波橋の親分の手下の銀太郎がこくりと頷き、

「と思えます」

と言い、話を続けた。

「古筆屋藪小路《やぶのこうじ》藤兵衛の住まいで昨日の宵と思われます。内蔵の扉を開けさせて主の藤兵衛を始め、一家六人と住み込みの奉公人三人をも惨殺したそうでございます。親分が旦那の近藤精兵衛様と話し合い、赤目様のご出馬を願えということで、わっしが使いにめえりました」

「なんと南町奉行の足元でさような所業を働きおったか」

「南町奉行所のお奉行様を始め、みなぴりぴりとしておられます」

「銀太郎どの、そなた、藪小路家の現場を見たか」

「いえ、うちの親分は中に入りましたが、わっしらはとても。なにしろ南町の眼と鼻の先の騒ぎ、与力衆や同心の旦那方が入り乱れていまして、立ち入るなんて無理でございます」

「なぜ近藤どのと秀次親分は、杉宮の辰麿とあたりをつけたな」

「親分がいうには藪小路家の蔵の扉に貼り紙があったそうです。なんでも、『例幣使杉宮の辰麿、江戸見参』みたいなことが書いてあったとか」

「で、近藤どのと秀次親分はわしにどうしろと言われるのだ」

「当主の藪小路藤兵衛の旦那の傷を見てもらいたいそうです」

しばし考えた小籐次は前掛けを外し、

「駿太郎、あとを頼む」

と言いながら立ち上がった。

すでに縁側の会話を聞いたおりょうが小籐次の差し料、次直《つぐなお》を持参した。

「なかなか家で一日過ごすというわけにはいかぬ」

「おまえ様、古筆屋藪小路家とわが北村家は古い付き合いにございます」

「御歌学者の北村家と付き合いがあるか」

小籐次はおりょうの口からこの話を聞いたとき、背筋に嫌な悪寒が走った。なにがどうというわけではないが、杉宮の辰麿なる一味の行為に作意があるようで嫌悪を抱いたのだ。

金子が欲しくば家人や奉公人を縛り上げて盗んでいけばよいことだった。そして南町奉行所の傍らで、かように惨酷な所業をせずともよかろうものをと思ったのだ。公儀に嫌がらせをするためにかような所業を繰り返すのか。

「わしがなんの役に立つか知らぬが、呼び出しを受けようと思う」

「古筆屋藪小路家の先祖は京の出と聞いております。古筆とは本来、古人の筆跡を称するのですが、藪小路家には桃山以前の古筆が伝わるとか。それで筆屋の屋号を古筆屋藪小路としたと父から聞いた覚えがございます。むろん京で造られた古い筆も新しい筆も扱っております。父上の筆は大半が古筆屋のものです。そのような無辜《むこ》の藪小路一家と奉公人を皆殺しにするなど許せません」

おりょうの静かな口調に怒りがあった。

うむ、と頷いた小籐次に、

「しばらくお待ちを」

と袖なしの綿入れを出してきて着せかけた。

「行って参る」

「父上、研ぎ上がった分、備前屋さんに届けておきます」

駿太郎が言い、頷いた。

船着場に久慈屋の荷運び頭の喜多造が待っていた。

「御用船なんてとても使えませんや。事情を知った久慈屋さんの大番頭さんが頭に願ってくれたんでさ」

「喜多造さんや、また厄介なことが起こったな。過日の山王町の畳屋とそう遠くはあるまい」

「ええ、山王町と弥左衛門町横丁では、七、八丁と離れてはいますまい。もっとも古木屋の隠居所は八ッ山でしたがね」

小籐次と銀太郎は喜多造の猪牙舟《ちょき》に乗り込み、船着場まで見送りにきたクロスケとシロに、

「留守番、頼んだぞ」

と命じると、二匹の犬がわんわんと吠えて答えた。

「古筆屋じゃが、先祖は京の出という老舗じゃそうだな。筆を扱う商い、内所は豊かかのう」

「筆屋だとは承知ですが、わっしらが使う筆は縁日か口上商いの筆屋の安ものでしてね、藪小路の筆が一本いくらか知りませんや」

と銀太郎が腰の矢立と捕物控を叩いて見せた。

「頭、まさか古筆屋藪小路家の家族か奉公人が金春屋敷裏の幾松の馴染みという

ことはあるまいな」

「煮売酒屋の幾松の馴染みね、そりゃありますまいな。古筆屋藪小路家は幾松の客層とはちょいと違いますからね」

と喜多造が言い、頷いた小籐次はさらに質した。

「藪小路の内所を知らぬか」

「確かに藪小路の扱う筆はそれなりの値でございますよ。とはいえ、そうわんさかわんさかと売れる品でもございませんや。商いは手堅く、蔵に蓄えはございましょう。ですがね、わっしの勘では千両箱がいくつも積んであるというほどではないと思いますよ」

「つまり頭は、弥左衛門町横丁付近には蔵に千両箱が積んである大店がいくらもあると言いたいのかな」

「へえ」

「過日の古木屋の隠居所といい、こたびといい、殺《あや》めるために押し込んだようじゃな」

「全くで」

と喜多造が返事をして、小籐次が銀太郎に視線を向け直した。

「だれが藪小路家の奇禍を見つけたな」

「へえ、通いの番頭が朝五つ時分に店に入ろうとしたところ、まだ大戸が開いておらず、おかしいなと思いながら通用戸を開くと中からぷーんと血の臭いがしたってんで、悲鳴を上げて近所の人が南町奉行所に報せに走って分かったんですよ」

「そうか、藪小路の奉公人で助かった者がいたか」

「赤目様、通いの番頭さんなら、確か早兵衛さんじゃありませんかね。長屋は内山町の米屋の家作ですよ」

と喜多造が言った。

話しながらも喜多造の船は隅田川から大川へと呼び名が変わる流れに乗って一気に下っていった。

小籐次らが数寄屋橋に着いたのは九つ過ぎのことだ。

「赤目様、わっしはこちらで待ちますかえ」

と喜多造が言った。

「いや、芝口橋まではさほど遠くもあるまい。用事が終わればすぐにも久慈屋に立ち寄るでな」

「さあ、そう簡単に御用が終わりますかね」

と喜多造が険しい顔で応じて山下御門へと猪牙舟を漕いで去っていった。

数寄屋橋の東詰から弥左衛門町横丁はすぐそばだ。

両側町の西側に横丁があって、古筆屋藪小路藤兵衛の店はあった。間口四間半ほどだが、京の町屋のように奥行きがあるのだろう。

銀太郎の案内で小籐次が古筆屋藪小路藤兵衛の店の前に立ったとき、通用戸の中から黒紋付の二人が出てきて、小籐次を認めると、

「ほう、研ぎ屋どのがお出ましか」

と嫌みを言った。

関東取締出役、通称八州廻りだ。

「どなたかな」

小籐次は八州廻りと直感したが、わざと質してみた。

「関東取締出役じゃ。天下の赤目小籐次に名乗ったところで、われら風情の名など覚えてはもらえまい」

と相手の一人が投げやりに吐き捨てると、さっさと弥左衛門町横丁から出てい

った。

四

小籐次は銀太郎を横丁に残して独りで八州廻りの二人が出てきた通用戸を跨いだ。

古筆屋藪小路藤兵衛方には死の雰囲気が家じゅうに満ちていた。

店の土間に若い同心二人が真っ青な顔で立っているのが行灯の灯りに見えた。表戸を閉じて通用戸も閉じられているので、内部にはあちらこちらに行灯が点されていた。

店は二階造りで住み込み奉公人の部屋があることが窺えた。土間の奥に手代と思える奉公人の骸《むくろ》が転がっていた。死の臭いはそこから立ち上っていた。

「近藤どのに呼ばれてきたのじゃが」

「奥におられます」

若い同心の一人が三和土廊下を差した。

店の右側に幅三尺ほどの三和土廊下が奥へと抜けていた。店から奥へと続き、途中で竈《かまど》が並ぶ台所があった。細い坪庭を見ながら奥へ行くと難波橋の秀次親分が小籐次を待ち受けていた。

「かような横丁があり、老舗の筆屋が長年商いをしているなど知らなかった」

「わっしらも下りものの名筆などとんと縁がございませんでな」

秀次が首を振った。

「おりょうの実家の北村家はこちらとは縁があったそうな」

「ほう、おりょう様のご実家は御歌学方《かがくかた》の北村様でしたな。それなればご存じであっても不思議はございませんな」

と馴染みの御用聞きが応じて、

「赤目様、この奥が小さな内蔵になっております。千両箱が積んであったというより京の筆職人が造った名筆などが納められていた蔵でございますよ」

と言い添えた。そして、小籐次をどん詰まりの漆喰《しっくい》造りの蔵へと案内した。そこには南町奉行所の定廻り同心近藤精兵衛がいた。

「また酷い騒ぎが起こったようじゃな」

「ご覧ください、赤目様。杉宮の辰麿が認めたと思える貼り紙です」

と近藤が身を避けると体に隠れていた蔵の扉に貼り紙があった。殴り書きの文

字が、

「例幣使杉宮の辰麿
江戸見参」

と二行に分けて認められていた。

「どうやら蔵の中から名筆を何本か選んで持ち去ったようだと通いの番頭の早兵衛が言っております」

「主どのの亡骸《なきがら》はどこにあるのかな」

「蔵の中でございますよ。筒井奉行も最前見えて現場をご覧になりました。筒井様もこちらの藪小路で筆を誂《あつら》えていたそうです」

「なに、お奉行筒井様の御用もなす店であったか」

筒井政憲は、四年前の文政四年（一八二一）正月から南町奉行の職に就いていた。だが、奉行自らが殺しの現場に姿を見せることなどまずない、とこれまでの町奉行との付き合いで小籐次も承知していた。

筒井奉行が古筆屋藪小路に足を運んだのは、知り合いの筆屋ということもあろうが、上州路から伝えられた押込み強盗杉宮の辰麿の所業と、この者の一派が幕府に反感を抱いているのではないかとの推量を自らの眼で確かめたかったからであろうかと、小籐次は推測した。

「最前南町出入りの医師の検視が終わりました」

と秀次が応じて、

「亡骸を見せてもらおう」

「こちらの下駄に履き替えて下さいまし、なにしろ狭い蔵の床は血に染まってますでな」

と秀次がどこで用意したか、真新しい下駄一足を小籐次の足元に揃えておいた。

「それほどひどいのか」

「わっしらも畳屋の隠居の非道な殺され方に驚きましたがね、こたびの残虐ぶりは八ッ山の比じゃございませんぜ」

秀次の言葉に小籐次は履物と足袋を脱いで下駄に履き替えた。

蔵のなかに入ると、血の臭いが濃く漂っていた。蔵は短冊形で広さは四畳から五畳といったところか、左右に造り付けの棚があり、同じ大きさの木箱がきちんと重ねて積まれていた。

蔵の奥に南町奉行所与力がひっそりと立っていた。近藤の上役の一人吉村源右衛門だ。

そこに頑丈そうな造りの銭箱があり、その前に藪小路藤兵衛と思しき人物が仰向けに倒れていた。蔵の中にも灯りが入り、必死で抵抗した様子が見てとれた。着ている物は朱に染まって濡れていることを行灯の灯りが明らかにしていた。

「赤目どのか、ご足労じゃな」

と吉村が言った。

無言で頷いた小籐次は、亡骸にしばし合掌した。両眼を見開いた小籐次は、藤兵衛の傍らにかがみ、傷を子細に見ようとした。

すると、御用提灯を手にした秀次が灯りを亡骸に向けてくれた。そのために藤兵衛が着ていた小袖がぼろぼろになるほどに切られ、血に染まって柄も色も分からないことが明らかになった。

「剣術修行をなした者の仕業ではないな」

と小籐次が呟いた。

その場にいる吉村も近藤も秀次もなにも答えない。

小籐次が気に留めたのは心の臓を一突きした傷だった。この突き傷に見覚えがあった。

八ッ山の古木屋の隠居所で隠居の与四郎が受けた傷によく似ていた。刀より細く、反りのない刃物と思えた。

「赤目様、その突き傷に見覚えはございませんか」

と同じことを考えていたか、近藤が質した。

「古木屋の隠居与四郎さんの傷と似ておるな」

「われらもそう判断致しました。切り傷が先か、突き傷が先か、どう思われますか」

「古筆屋の主人を脅して蔵を開けさせ、銭箱まで案内させ、振り返ったところを斬りかかった。この家の主は死を覚悟して必死に抗ったのであろう。抗い傷が両手や腕に残っておるな。抵抗が弱まったところで、杉宮の辰麿は最後の一撃を加えたのではなかろうか」

「検視の医師も同じ判断にございます」

首肯した小籐次は、

「こやつ、剣術の心得はそうあるとは思えぬ。じゃが、心の臓への一撃はなんとも鮮やか、この一撃で藤兵衛どのを死に追い込むことは叶うはずじゃ。じゃが、切り刻んだのちに必殺の一撃を加えておる。かような所業をなにゆえなすのか」

小籐次の怒りに満ちた言葉に三人のだれもが答えない。やはり八ッ山の一件と古筆屋藪小路の押込みは同じ下手人一味ということか。

しばし沈黙のあと、近藤が、

「八ッ山の古木屋の隠居所と藪小路藤兵衛方の押込み強盗は同一人物、杉宮の辰麿と見てようございましょうな」

と小籐次に念押しした。

「突き傷からいえば間違いなかろう」

「では、八ッ山の隠居所では、なぜ杉宮の辰麿の仕業という貼り紙を残さなかったのでございましょうか」

「近藤どの、大木戸外の八ッ山は江戸とは思わなかったのか、あるいはこれまで杉宮の辰麿が例幣使街道以来繰り返してきた押込み強盗の類に入らないと考えたか、そいつばかりは惨酷な所業をなした主に聞くしかあるまいな」

と答えた小籐次は改めて藪小路藤兵衛の冥福を祈って合掌した。そして、秀次の御用提灯を借りると、蔵の中を子細に見て回った。

「こやつ、古筆屋の品を盗んでいきおったそうじゃな」

「通いの番頭の早兵衛が棚の箱がずれておることに気付き、太筆三本がなくなっていることが分かったそうです。盗まれた筆は、京の職人が百年も前に拵えた名筆でございまして、ただ今の職人では造れぬ品とか」

近藤が答えた。

「杉宮の辰麿はさような名筆のよさが分かる者であろうか」

小籐次は殴り書きの文字しか書けぬ人間に筆の良しあしが分かるとは思えなかった。

「あるいは偶さか選んだか。筆が盗まれたのはこちらの箱です」

と近藤が言い、小籐次を亡骸から離れた棚の一角に連れていった。さすがにその一角には血だまりはなかった。歯が血に塗《まみ》れた下駄を脱いで、懐に入れていた足袋に履き替えた。

「番頭の早兵衛が申すには、代々の主は、奉公人に品物の扱いは極々丁寧にするように躾けてきたそうで、蔵の中も塵ひとつ落ちておらぬように、また棚の箱は寸毫《すんごう》もずれるような仕舞い方は許されないそうでございます」

と元どおりに直された箱を差した。

「この藪小路方の筆じゃ、値は高いのであろうな」

「杉宮の辰麿が選んだ筆の一本は、五十両は下らぬ値段とか」

「なんとのう、筆一本が五十両か」

感嘆した小籐次は、

「ちなみにこちらではいくら金子を盗まれたのかな」

「蔵の銭箱には二百七両二分が入っていたそうです」

「筆に比して所蔵の金子は少ないな」

「主の寝間に別の隠し蔵がございまして、そちらには二千数百両が入っていたそうです」

と近藤が淡々と答えた。

「杉宮の辰麿、手抜かりしおったか」

と洩らした小籐次は御用提灯の灯りをその棚の前の床に向け、綺麗に拭き掃除がなされた床に這いつくばった。

床の一角に丸い染みが見えた。

小籐次は手拭いを懐から出すと染みを軽くこすって見た。

「血でございますな」

近藤が小籐次の手拭いがわずかに朱に染まったのを見て言った。

「まず血と見て間違いなかろう。辰麿は、仕込み杖を携えておるのではないか。杖先が血に塗れていることに気付かなかったか、筆をとるために立てかけた折にこの染みが残ったようだ」

「奴の得物は仕込み杖でございますか」

秀次が小籐次に尋ねた。

「と思われるな」

一見杖にしかみえぬ物を携えた杉宮の辰麿を甘く見たか、名筆が保管された内蔵の銭箱まで藪小路藤兵衛は案内して振り返ったところを仕込み杖の刃で斬りつけられ、最後に必殺の突きを見舞われたのではないか、と小籐次は判断した。

「南町では、杉宮の辰麿一味が忍び込んだ刻限をいつと見ておるな」

「そのことですがね、通い番頭が店を出たのが暮れ六つ半（午後七時）の刻限でございましてな、それから一刻しないうちに杉宮の辰麿一味は押し入ったとみています。と、いいますのも一家の者も住み込みの奉公人も夕餉は終えておりますが、だれ一人として床に入った様子はないのでございますよ」

近藤が答えた。

「この家にたれぞ一味の者が入り込んでおりましたかな」

「いえ、番頭によると、住み込みの奉公人は最低でも五年以上は働いて身許の知れた者ばかりだそうです」

「四つ（午後十時）前に通用戸を叩いた者がいたとしても、こちらでもそう簡単に開けまい。臆病窓にて相手をしかと確かめよう」

「早兵衛もうちはよほどのことがないかぎり、通用戸を開くことはないというております」

「店の土間に斃《たお》れておる奉公人が最初に杉宮一味の犠牲になったのであろうな」

「と、われらも考えておりますが、最前申しましたように藪小路では、店仕舞いしたあと、客とはいえ店に入れることはまずない」

「藤兵衛どのの身内はどこで殺されたのかな」

「蔵の横手の二階家が主一家六人の居間であり、寝所にございます。こちらの女房のおひねと子ども四人は、蔵の中で主を殺した杉宮の辰磨とは違い、一味どもの仕業と見えて、なぶり殺しではございません。土間で斃された奉公人と店の二階にいた他の二人も首筋などを斬られて死んでおります。なにしろ弥左衛門町横丁の藪小路方は、間口四間半ながら奥行きが深く、両側は二軒ともに大店の外蔵に接して、こちらの音は表には聞こえないのでございますよ。両隣は全く古筆屋の災厄に気付いておりません」

「忍び込んだ手勢は何人になるのかな」

「はい、こやつら一味は十数人と聞いております。ゆえに藪小路藤兵衛方には、例幣使杉宮の辰麿一味が全員で入り込んだと思えます」

と近藤が応じて、

「赤目様、藤兵衛の身内や奉公人の亡骸をご覧になりますか」

秀次が聞いた。

「通い番頭の早兵衛さんはどこにおられるな」

「店二階の奉公人の部屋で調べを受けております」

「早兵衛さんと話したいな」

小籐次が願い、蔵の前で待っていた吉村、近藤、秀次の三人といっしょに店土間に戻った。すると最初に被害を受けたと思われる手代の直吉の亡骸が大番屋へと運び出されようとしていた。

「少し待ってくれぬか」

近藤が制止し、小籐次は戸板に載せられた直吉の傷を調べた。傷は一箇所、匕首か懐剣のような刃で心の臓を一突きされて死んでいた。明らかに仕込み杖の直刀の傷ではなかった。

「手間をとらせたな」

と小籐次が詫びたところに、真っ青な顔の奉公人が前に立ち、

「赤目様」

と小籐次の顔を承知か名を呼んだ。

「番頭の早兵衛さんか、大変なことになったな、なんとも言葉がない」

「赤目様、主一家と奉公人の仇《あだ》を討って下され」

と涙の痕が残る顔で言った。

「わしにはさような権限《ちから》はないが、南町奉行所とは昵懇《じっこん》の間柄である。非道の所業を見逃がすことはない。番頭どの、わしの問いに二、三答えてくれぬか」

「むろんでございます。なんなりとお聞きください」

「なぜ手代の直吉さんは通用戸を開けたのであろうか。こちらは用心深いお店、戸締りには気をつけておられると聞いたでな、さような疑いを持ったのだ」

「それでございます。私も最前からなぜ直吉が店仕舞いをしたあとに怪しげな面面を入れるような真似をしたか、必死に考えておりますが思い付きませんので」

と早兵衛が首を捻った。

「藪小路家の親類ならば手代さんが通用戸を開くこともあるか」

「いえ、それもございますまい。うちの慣わしを親類縁者は承知ですからね」

「となると手代さんが不用意に開けてしまったか」

「臆病窓から覗きますで、不用意と申されても」

「例えば、若い女が臆病窓に立ち、筆を購いたいと願われたらどうだ」

「それでもうちは明日にして下されとお断りするように、代々の主から躾けられております」

と早兵衛は言い切った。

「となるとなぜ一味を素直に入れたか」

と小籐次は言いながら、直吉が斃されていた店の隅を眺めた。そこは臆病窓のある通用戸からいちばん遠い角だった。

「番頭どの、あそこには普段なにかあるのかな」

「格別になにも置く場所ではございませんが」

と応じた早兵衛が不意に黙った。

「なにか思い付かれたか」

「昨日の夕暮れ前のことです。初老のお武家様とお孫さんと思える、美しい娘さんが筆を購いに見えました。初めてのお客様でした」

「ほう」

「あれこれと筆を見た上で一本お買い求めになり、また立ち寄りますと店の前に待たせていたお駕籠に乗り込み、お帰りになりました。しばらくして直吉が、『あっ、お客様が杖をお忘れでございます』と言いましてな、私が明日にも取りに見えましょうというて、直吉にあの角においておくように命じましたのでございますよ」

「ということは、もしやその客が、例えば娘が『爺様が杖を忘れました』と戻ってきたら、どうですな」

「直吉が通用戸を開けたかと申されますか」

「そう言う問いじゃ」

しばし沈思していた早兵衛は、

「思わず開けたかもしれませんな、杖は細い老竹でした」

と呟いた。

「通用戸さえ開いていれば、娘が中に入り、直吉さんがこの角に置いた竹杖を取りに行った隙に一味が雪崩《なだ》れこむことができる」

小籐次の言葉を聞いてしばし間をおいた早兵衛が、

「なんということが」

と両眼を瞑《つむ》った。

杉宮の辰麿一味に殺害されたと思われる九人の亡骸が大番屋に移され、詳細な検視が行われることになった。がらんとした古筆屋の前で、近藤が、

「赤目様、杉宮の辰麿なる悪党、南町奉行所に仇をなそうとこの界隈で非道を働きますかな」

「さあてのう、南町というより公儀に不満を持つ輩かもしれんぞ」

「それもあるやもしれぬ。じゃが、赤目小籐次に一矢報いたい輩かもしれんぞ」

と吉村が言った。

「それがしに一矢報いたとて、なんの益がありますな」

「赤目小籐次に恥を掻かせたとしたら、悪党らの間では例幣使杉宮の辰麿一味の悪名が高くなりましょう」

(例幣使杉宮の辰麿は京の出であろうか)

と小籐次は胸の中で思いながら、憮然とした顔を吉村に向けて横に振った。

第四章　鳥刺の丹蔵

一

　小籐次は南町奉行所の三人と弥左衛門町横丁から出たところで左右に分かれ、久慈屋に立ち寄り、挨拶をしていくことにした。だが、途中でふと思い立ち、金春屋敷裏の煮売酒屋の幾松親方の店に立ち寄ることにした。

　昼下がりの刻限だ。

　幾松親方の店では仕込みの最中だった。

「親父どの、過日は世話になった」

　と小籐次が声をかけると、

「おお、わしも赤目様に会いたかったところだ」

「なにか分かったかな」

「うん、古木屋の当代が帰ったあと、隠居はちびちび飲んでいたが隣りのすこぶる婀娜っぽい若い女と二人で話をしたと言ったよな」

「女の身許が割れたか」

「いや、そうじゃない。二人の傍らの小上がりに座っていた常連の左官職の染五郎が二人の話を少しだが耳にしたというのだ」

「ほう」

「なんでも、殺された隠居と当代が話していた内容を女は漏れ聞いていたと見えて、『古木屋のご隠居さんではございませんか』と最初に女の方から話しかけたそうな。長々とした話ではない、猪口の酒、二、三杯酌み交わしただけで、女は先に立ち去った」

「ということは、女は隣り客が古木屋の隠居と承知していたことになるな」

「なりますな」

「気になるな」

「なりますかえ、赤目様」

と応じた幾松親方が、

「左官の染五郎の話には先がございましてな、偶さか芝口一丁目を源助町の普請場に向かっていたとき、女とばったり会ったんだそうで。女は朝湯の帰りで素顔だが、直ぐにこの店で隣り合わせに座った女だと分かったそうだ。どうも女は芝口新町界隈に住んでいるな、と染五郎がいうんだよ」

「ほう、芝口新町な、わが長屋近くに住んでおったか」

「ということかね、風呂帰りとなるとそう遠くの湯屋には通うまい。素顔は思った以上に若いそうだ、二十歳前かね。芝口新町近辺の裏長屋が住まいだな、と染五郎は思ったそうだ」

「染五郎さんは女に声をかけたということはあるまいな」

「女とちらりと視線を交わらせたが、女は染五郎がだれか分からないようで擦れ違ったというぜ。その折、女から湯上がりの色気がそこはかとなく漂ってきたと洩らしていたな」

「染五郎さんの話はいつのことだ」

「夕べだよ、仕事帰りに立ち寄って一杯飲んでいったとき、話してくれたんだ」

小籐次がしばし幾松親方から聞いた話を整理していると、

「なんぞ役に立ったか」

と幾松親方が言った。

「役に立つかどうか今後の展開次第だな。ひょっとしたら左官の染五郎さんの力を借りることになるかもしれんな」

と言い残した小籐次は日本橋からつながる東海道の出雲町に出て、久慈屋に立ち寄った。するとそこにおしんがいた。

「古筆屋藪小路の藤兵衛さん一家と奉公人が殺されたというのは真ですか、赤目様」

帳場格子の中から観右衛門が小籐次に声をかけてきた。

「主一家六人と住み込みの奉公人三人の九人が皆殺しだ」

小籐次はおしんに会釈しながら、観右衛門に低い声で告げた。

「なんとも気味の悪い話ですよ。古木屋も藪小路もまあ町内みたいなものだから承知でしてね。嫌な感じですよ」

「大番頭どの、南町奉行筒井政憲様も藪小路家で筆を購っていたそうだ。ついでにおりょうの実家の北村舜藍《しゅんらん》様もこの筆屋と知り合いだそうだ」

「いよいよ嫌な感じがしませんか」

二人の会話を聞いていたおしんが洩らした。

「妙に背筋が寒くなる話だ」

とおしんに応じた小籐次が、

「おしんさん、わしに御用かな」

と問い返した。

「赤目様は杉宮の辰麿一味に関する上州の代官所からの書付けを見たいと申されましたね。持ち出すことも引き写すことも許されませんでしたが、読むことだけは許されました。例幣使杉宮の辰麿という頭分、京の公卿のような名を名乗っていますが、格別京の朝廷に関わりがある人間とも思えません、上州か野州の出と思えます。齢《よわい》は四十前後という者もいるし、いや、五十は優に超えているという者もいる。一味に襲われた家で幸運にもあの者たちの手から逃げて生き残った二人の証言ですよ」

とおしんが説明した。

久慈屋の帳場格子の前の上がり框におしんと小籐次は並んで腰を下ろしていた。八代目の昌右衛門も留守のようで、国三ら奉公人の大半は蔵の整理をしているとか、店には帳場格子の中に大番頭の観右衛門がいるだけだ。

「おしんさん、代官所の書付けに杉宮の辰麿は足が悪いという報告はないか」

「おや、押込み強盗の頭分は足が悪いのですか」

「昨日の夕暮れ前、古筆屋に筆を購いにきた初老の者と若い女の二人組がいてな、一本筆を購っておる。その折、店前に待たせていた駕籠に乗ったで、杖を忘れていったのだ。通いの番頭の早兵衛さんが店を出たのが六つ半の頃合い、そのときまで杖は店にあった。もしやして店が閉まったあと、杖を取りにきた連れの女にうっかりと藪小路家の手代が通用戸を開けてしまい、女と、背後に隠れていた一味を店の中に呼び込んでしまったのではないかと南町の与力、同心どのと推量したのだがな」

「なんということが」

と呟いた観右衛門が、

「うちも店が終わったあと、通用戸を開けるような真似を決してせぬように奉公人一同に徹底しておきます」

と己に言い聞かせるように言った。小籐次の言葉を聞いておしんが、

「赤目様、杉宮の辰麿が杖を使うとはどこにも書いてございませんでした」

と小籐次に告げた。

「おしんさん、ただの杖ではない。仕込み杖ではないかと思う」

小籐次は古筆屋藪小路家の内蔵で見たことを告げた。

「古木屋の隠居の胸にも藤兵衛さんの胸にも細身の直刀で一突きされた傷があった」

と説明した小籐次が、

「もう一つ、気掛かりがある」

と金春屋敷裏の煮売酒屋幾松親方が馴染みの客から聞いた話をした。

「なんと幾松で古木屋の隠居に話しかけた女が押込み強盗に関わりがございますので」

と観右衛門が質した。

「いや、さような証はなにもない。なんとのう気になってな」

するとおしんが言い出した。

「赤目様、杉宮の辰麿なる頭分の風体も年齢もほとんど知られていません。一味はそれなりの人数です。また女も加わっておる様子、その連中は仕事《つとめ》の何月も前からいなくなったり、また現れたりすると認められておりました」

「一味は出入りが激しいのであろうか」

「あるいは、杉宮の辰麿の命で、次なる仕事の土地へ先行させてお膳立てをしておるのではとの推量も書かれておりました」

「最後に一味が古河城下で押込み強盗を為したのが一月以上も前、ということは、一味の何人かは先行してこの江戸に乗り込んでおることも考えられるか」

「はい」

「念押しするが、この江戸にも何月も前から一味が入り込んでおると考えてよいのだな」

「書付けには断定はしてございません、飽くまで推論の一つにございます」

「いや、これだけの押込み強盗を繰り返してきた一味だ。さような策くらいは当然考えていよう」

と応じた小籐次は話柄を変えた。

「南町奉行所の面々は畳屋の古木屋、そして、こたびの古筆屋の藪小路と数寄屋橋の奉行所近くの店の者ばかりを狙っておることを気にしておる」

「うちだって古木屋の隠居も知っておれば、古筆屋藪小路藤兵衛様方にも長年紙を買い求めて頂いてもおりますから関わりがないとは言えますまい」

観右衛門が案じた。

「それがしが今宵から泊まってもようござる。まあ、南町も夜回りを厳しくすると申しておるから大丈夫とは思うがな」

「赤目様、杉宮の辰麿はご公儀に不満を抱く輩のようでございますね。書付けにも辰麿の考えは散見されます。このこと、改めて殿に申し上げておきます」

おしんが上がり框から立ち上がった。

「おしんさん、それがしな、いったん望外川荘に戻り、今宵のうちに久慈屋に戻って参る」

と言った小籐次は不意に思い出した。

「おしんさん、われらが江戸に帰るか帰らないうちに丹波杜氏が造った四斗樽を長屋に届けてくれたそうじゃな。恐縮至極じゃ、殿に礼を申してくれぬか」

「えっ、殿が四斗樽を新兵衛長屋に届けるよう家臣に命じられたのでございますか」

とおしんが首を捻った。

「なに、違うのか」

しばし考え込んだおしんが、

「屋敷に戻り、確かめてみます」

と言った。

おしんは訝しい顔で急ぎ、西の丸下の老中屋敷に戻っていった。

「赤目様、一度望外川荘にお戻りになりますか」

「駒形町の備前屋の研ぎ仕事を駿太郎に預けてこちらに参ったでな、気にかかる。必ずや戻って参るでな」

と小籐次が言うと、観右衛門は折から店に姿を見せた国三に望外川荘を往復する船の仕度を命じた。

「大番頭さん、蔵の整理は終わりました。私も望外川荘への往来、手伝ってようございますか」

「蔵の整理がついたのならいいでしょう」

と観右衛門が許しを与え、その上で小籐次に、

「ちょいとお待ちを」

と帳場格子からそれなりに大きな紙包みを出した。

「これをおりょう様に」

「なんでござろうな」

「絵筆と絵の具の類です」

「うむ、どうなされた」

「国三が造った赤目様と駿太郎さんの人形に絵を描いたのは喜多川派の絵師、喜多川歌冶《うたや》さんですがな、おりょう様が篠山で見た『鼠草紙』を記憶に頼って模写すると、私が歌冶師匠に洩らしたんですよ。そしたら、最前、筆と絵の具の類をあれこれと持ってこられましてな、おりょうさんに使って欲しいと置いていかれたのでございますよ」

「それは恐縮至極じゃな、わしも歌冶師匠には礼を申したいと思うておったところだ。明日にも礼に参ろう」

小籐次はおりょうへの土産を頂戴し、船着場に行くと喜多造と国三が猪牙舟を仕度して待っていた。

「頼もう」

船足の早い猪牙舟に二人船頭だ。一気に御堀から築地川に出て内海へと入り込んだ。

「爺一人が往来するのに二人船頭とは恐縮じゃな」

胴の間に腰を落ち着けた小籐次は、おりょうへの土産に波しぶきがかからぬように手に抱えて喜多造と国三に言った。

「赤目様、急用か」

「うむ、こたびの押込み強盗じゃが、嫌な感じがするのでな、あやつらが捕まるまで久慈屋さんの夜番をしようと考えたのだ」

「なんですね、それならばうちの御用ではございませんか」

喜多造と櫓を漕ぎながら国三が言った。

「赤目様、久慈屋が狙われておるのか」

「いや、そうと分かったわけではないがな」

と前置きして、古木屋の隠居の一件と古筆屋藪小路方の一家奉公人殺しのことを二人に掻い摘んで告げた。

「なんと、こたびの押込み強盗は公儀に不満をもつ輩ですか」

と喜多造が言い、

「そうと決まったわけではないが、なんとのう南町奉行所近くばかりを狙うにはそれなりの曰くがあるとは思わぬか」

「杉宮の辰麿なる頭分は南町奉行所の手で昔捕まったとか、そんな理由ですか」

と国三が聞いた。

「うむ、上州か野州生まれと聞いたで、さようなことは考えなかった。そうじゃな、杉宮の辰麿といかにも京の出と思わせる名は偽名ということもありうるな。

よし、芝口橋に戻ったら、秀次親分に問い合わせようか」

と小籐次は国三の考えを秀次に告げることにした。

二人船頭の猪牙舟は、波間を上手に乗り切り、大川に入るとさらに船足を上げた。

「赤目様、貧乏徳利を積んでおけばよかったですね」

「国三さんや、久慈屋に戻る曰くが曰くじゃ、杉宮の辰麿一味が捕まるまで酒絶ちじゃ」

「赤目様に酒絶ちは似合いませんや、酔いどれ様にとって酒は百薬の長でございますよ。古筆屋藪小路方の二の舞は、久慈屋にはさせません。赤目様はでんと久慈屋に控えて酒を召し上がっておられればよいのです」

と喜多造が言った。


二人船頭の猪牙舟が湧水池への水路に入ったのは、暮れ六つ前だ。すると望外川荘の船着場から賑やかな人声と犬の吠え声が聞こえてきた。どうやら駿太郎が望外川荘に帰り着いたところらしい。

おりょう、お梅、お鈴と、それに森藩家臣で小籐次の門弟、創玄《そうげん》一郎太と田淵代五郎《よごろう》が駿太郎を出迎えていた。そして、さらに一段とクロスケとシロの吠え声が高くなり、小籐次を乗せた猪牙舟に気付いた。

「おや、お早いお戻りでございますね」

おりょうが小籐次に声をかけてきた。

「おりょう、どうも例幣使杉宮の辰麿一味の押込みが気にかかるでな、わしはこのまま芝口橋に戻ることにする。駿太郎を望外川荘に独り残していったで、心配してな、確かめにきたのだ」

「八ッ山で押込み強盗が隠居所に押し入り、三人の命を奪ったそうですね」

と一郎太が小籐次に言った。

「そのことだ。昨夜は古筆屋藪小路方に押し入り、家内と奉公人合わせて九人を新たに殺していきおった」

と応じた小籐次に、

「おまえ様、なんぞ入用なものがございますか」

「事情が事情だ。新兵衛長屋ではのうて、久慈屋に泊まり込むことになろう」

「ならば喜多造さん、国三さんとおまえ様も私どもと夕餉をともにしてあちらにお戻りになられませんか」

「昨夜、藪小路方に一味の女が入り込んだと思えるのは五つ前のことのようだ。用心に越したことはないでな、早々に戻る。駿太郎、備前屋の研ぎはどうなったな」

「こちらに持ち帰った備前屋の道具類は私が一応仕上げまでやってみました。父上が最後に手直しして下さいませぬか」

「よし、ならば備前屋の仕上げ、明日わしが久慈屋でやろう。こちらの舟に積み替えてくれぬか」

と願った小籐次は、

「おりょう、そなたには喜多川歌冶さんから贈り物がある。絵筆と絵の具の類を下されると言って、久慈屋に預けて行かれたそうだ。わしが明日にも礼を述べておく」

と膝に抱いてきた紙包みをおりょうに渡した。

「本職のお方から貴重なものを頂戴致しましたか。『鼠草紙』をいよいよ仕上げぬとなりませせぬ」

とおりょうが小籐次から受け取った。

「おまえ様、少しだけお待ちを、着替えを持って参ります」

おりょうが大事そうに紙包みを抱えて、いったん船着場からお梅といっしょに姿を消した。

「お鈴、退屈しておらぬか」

「おりょう様の芽柳派の集いが明日にも催されます。退屈など致しません」

そうか、と頷いた小籐次が、

「一郎太、代五郎、事情が事情じゃ、極悪人を捕まえぬことにはそなたらの稽古も出来ぬ」

「師匠、われらのことはご案じ下さいますな。朝稽古を駿太郎さんとなして、日中はわれら、歌会が無事に終わりますよう警護致します」

と代五郎が胸を張った。

「それは心強い」

「赤目様、押込み強盗の一件が終わった折でようございます。殿が赤目様に一度屋敷に訪ねてくるように申されました」

「なに、殿がな、厄介ごとか」

「とは思いませぬ。老中青山様から殿にお言葉があったとか、上機嫌でございました」

「ならば急ぎの用ではないな」

と一安心した小籐次が、

「駿太郎、明日はどうするな」

「父上の代わりに蛤町裏河岸に参り、無事に篠山から戻ってきた旨、お得意様に伝えて久慈屋に参ります。その帰りに備前屋さんに研ぎ上がった道具を届けます」

「よかろう。ならば久慈屋で会おうか」

と打ち合わせができた。そこへおりょうが紙包みの代わりに風呂敷包みを提げて、

「おまえ様、着替えにございます」

と手渡した。さらにお梅が、

「旦那様、お薬にございます」

と貧乏徳利に三つ茶碗を持って、

「国三さん、お願いします」

と渡した。

「やはり薬は要りますよね」

と国三が受け取り、小籐次がクロスケとシロの頭を撫でて、

「留守を頼むぞ」

というといつの間に用意したか提灯を点した喜多造の猪牙舟が船着場を離れ、向きを変えた。お鈴が、

「篠山が格別に忙しいのかと思うておりましたが、赤目様は江戸へ帰っても多忙でございますね」

と驚きを通り越したような声で呟いた。

二

その夜、小籐次は久慈屋で国三と寝床を並べて寝たが、押込み強盗の杉宮の辰麿一味が押し入る気配はなかった。そこでいつもどおりに起きた小籐次は店の片隅に研ぎ場を設けて、行灯の灯りで駿太郎が仕上げまでしたという備前屋の道具の手直しをした。駿太郎の技が格段に上がったことを小籐次は認めた。そうこうするうちに久慈屋の奉公人たちが起きてきて、

「おや、赤目様はもはやお仕事ですか」

と恐縮しながらも店の内外の掃除を始めた。小籐次と一緒に起きた国三が、

「大番頭さんが台所でお待ちですよ、赤目様」

「そうか、ならばしばらく掃除の邪魔にならぬように台所に控えていよう」

と答えた小籐次は台所に行った。

観右衛門が台所の板の間の大黒柱に設えられた荒神様の水を取り替え、火鉢の前に座したところだった。

「ご苦労でございましたな」

「事は始まったばかりです」

観右衛門が火鉢の五徳の鉄瓶に沸いた湯で茶を淹れてくれた。おまつが小皿に梅干しをのせて二人に供した。

いつもの久慈屋の台所の始まりだ。

朝餉のあと、小籐次が本式に研ぎを始めようとしたのはおよそ五つ半前の刻限だ。

備前屋の手直しはすべて朝餉前に仕上げていた。ために本日は足袋問屋京屋喜平の道具の研ぎをやろうと、小籐次はまず京屋喜平を訪ねた。

「おはようござる」

番頭の菊蔵に声をかけると、

「おや、酔いどれ様、本日はお早いお出ましですな。新兵衛長屋にお泊まりになりましたか」

「まあ、そんな具合じゃ」

小籐次は久慈屋に泊まったことを告げなかった。

「そうじゃ、礼が遅れてしもうた。円太郎親方が拵えてくれた足袋のお蔭で一家三人無事に丹波篠山まで往来出来ました」

小籐次が奥に向かって言うと、声が聞こえたか、円太郎が店に姿を見せた。

「お帰りなさい、赤目様」

「親方、おりょうの足を案じたがな、親方の足袋のお蔭でなんの差し障りもなく道中を終えた。お礼が遅くなったがかくのとおりだ」

小籐次は円太郎に頭を下げた。

「赤目様、その言葉は職人への誉め言葉だ、有難いのはこちらですぞ。本日はうちの道具をやってもらえますか」

「江戸へ帰る早々あれこれあって、中途半端な仕事で迷惑をかけておる。研ぎの要がある道具があるなれば、手入れを致す」

「有難い」

小籐次は古布に包まれた道具を受取った。

「赤目様さ、この界隈でえらいことが出来《しゅったい》したね。古木屋の隠居所とさ、古筆屋藪小路一家が在所から江戸に入り込んだ押込み強盗に襲われたそうな。うちは畳屋の隠居も藪小路藤兵衛さん方とも知り合いですよ。なんてことですね」

と菊蔵が怒りの顔で言った。

「なにっ、こちらと二軒とは知り合いでござったか」

と応じた小籐次は、

「番頭さんや、夜の戸締りは厳重にな、店仕舞いを終えたあとに訪れた客はどんな理由があろうとも当分の間、店の中に入れてはなりませんぞ」

「なに、古筆屋さんでは店仕舞いのあとに訪れた客が押込み強盗に変じましたか」

「南町ではそう考えておるようだ」

南町奉行所の思い付きとして語り、小籐次は注意を喚起した。

道具を抱えた小籐次が久慈屋に戻ってみると、どことなく在所暮らしの感じがぬけない若い女が研ぎ場の前に立っていた。手にまだ新しい出刃包丁を携えていた。

「どうなされたな」

「まだ買ったばかりなんだがね、刃こぼれしてどうも具合がよくないんですよ。研ぎ屋さん、研いでもらえませんかね」

甲高い声だがすき通って小籐次の耳に響いた。

「どれどれ、見せてご覧なされ」

小籐次は、京屋喜平の円太郎親方から預かった包みを洗い桶の傍らにおき、女から真新しい出刃を受け取った。まだ使い込んでいない出刃に、

「三代目神吉」

と銘が刻まれていた。

浅草の包丁鍛冶神吉は老舗、包丁造りの名店として知られていた。見ると確かに小さな刃こぼれがあった。

「浅草の神吉ならば間違いないはずだがのう」

と小籐次は言いながら、

(落としたか)

あるいは、

（これは、使い方がよくないな）

と見た。

「ちょっと待ちなされ」

小籐次は中砥で包丁の傷を埋め、仕上げ砥で刃全体を滑らかに仕上げた。

「これでどうだな」

小籐次の仕事ぶりを見ていた女に渡すと、刃物を扱いなれているとみえて、親指の腹に研ぎ上がった刃をすっと滑らし、にっこりと笑った。この瞬間、小籐次は、妙な感じをもった。

「それでようござるかな」

満足げに頷いた女が尋ねた。

「研ぎ料はいくらですね」

「初めてのお客人だな、お代はこの次から頂戴しよう」

「えっ」

と女は驚き、帳場格子の中の観右衛門を見た。小籐次には見えなかったが、観右衛門が頷いた気配があって、

「ありがとう」

礼を述べた女は芝口橋を渡っていった。

小籐次は京屋喜平の刃物を包んだ布を解くと、研ぎ順をきめて傍らに置き、仕事を始めた。

四半刻も過ぎたか。

「父上」

駿太郎の声がして、傍らに自分の研ぎ場を設え始めた。

「手伝ってくれるか」

「母上が歌冶さんにくれぐれも礼を言って下さいと願っておりましたよ」

「おお、そうじゃな。区切りがついた折に歌冶師のもとを訪ねよう」

との父子の会話を聞いていた国三が、

「赤目様、その折はご案内しましょうか」

と言い出した。

「頼もう」

と願った小籐次と駿太郎は研ぎ仕事を再開した。

二刻（四時間）ほど父子で研いだせいで京屋喜平から預かった道具の半分ほどが研ぎ上がった。

「父上、研ぎ上がった分、足袋屋さんに届けてきます」

駿太郎が新しく汲みかえた水で洗い、布拭きした道具を京屋喜平の使い込んだ布に包んで届けに行った。

その間に小籐次は研ぎ場に布をかけて研ぎの最中の刃物が見えないようにして台所に行った。昼餉を食す久慈屋の奉公人の姿はなく、女衆が自分たちの膳を用意していた。

「本日、うちのご隠居は喜多造の舟でいそいそと望外川荘に出かけていかれましたぞ」

すでに定席についていた観右衛門が言った。

「なに、五十六さんが。おお、今日は久しぶりの芽柳派の歌作の集いでござったな」

「はい。ご隠居は赤目様一家が丹波篠山に出かけておられるときは、なんとのう手持無沙汰のようでしたがな、その間に詠んだ和歌を何十首か本日お持ちになったようですぞ」

「ほうほう、こちらのご隠居にもおりょうの不在がさよう迷惑をかけておりましたか。それにしても留守の間に歌作をなされたか」

板の間にはすでに観右衛門、小籐次、それに駿太郎の膳が用意されていた。

「赤目様、今朝方初めての女客の包丁を研がれましたな」

観右衛門が不意に言った。

「おお、この界隈の住人かな」

「うちの長屋に三月前から姉と妹の二人で住んでおりましてな、いささか新兵衛長屋の女衆の間で話題になっております」

「うーむ、別棟の新兵衛長屋に婀娜っぽい女が住まい始めたと聞いたが、その住人かな」

「はい、姉はお華、妹は小春って名でございますよ」

「おきみさん方と揉め事を起こす女衆には見えんがのう」

「そこですよ。なぜか古顔の女衆には評判が悪うございましてな、通いの奉公先は新両替町裏河岸、三十間堀《さんじっけんぼり》の船宿柳風です。私が最初に会った折に久慈屋の本家近くが在所というものですから、つい親身になってしまいましてな。お麻さんには知り合いからよんどころない事情で頼まれたと引き合わせたのです。その折も地味な形《なり》でございましてな。若い女についつい私も目が眩みましたかな」

観右衛門が困惑の顔で洩らした。

「住み始めてすぐに古顔ともめごとを起こしたか」

「形が急に派手になり、化粧もけばけばしいとおきみさん方は言うのですがな、赤目様はどう見ましたな」

「ごく並みの女衆と思うたがな」

と応じつつも、最前抱いた違和感はなんだろうと思った。

「どうやら務めにいくときは形と化粧を変えるらしいので。私はまだその折の姿を見ておりませんでな」

と観右衛門が言い訳したところに駿太郎が姿を見せた。

「番頭さんから京の干菓子を頂戴しました。母上やお鈴さんの土産にします」

と紙包みを見せた。

「それはよかったな」

駿太郎が姿を見せたので観右衛門の話は中途で終わった。

五目ごはんと香の物、油揚げと青ねぎの入ったうどんで昼餉を食した小籐次と駿太郎は、残りの京屋喜平の道具の手入れにかかった。

「駿太郎、本日は芽柳派の集いであったな」

「はい。お鈴さんが張り切って手伝うと言っていました」

「こちらのご隠居の五十六さんも望外川荘に出かけられたそうだ」

「母上にとっても久しぶりの集いですね」

「篠山の旅は長かったでな」

と言い合った父子は研ぎ仕事を始めた。

小籐次の前に人影が立った。

難波橋の秀次親分だ。

「親分、まさか三件目の押込み強盗があったというのではあるまいな」

「今のところこの界隈には押込みの話はありませんな」

「無事でなによりじゃ」

と小籐次もほっと安堵した。

「ただ今近藤の旦那と別れたばかりですがな、どこぞの代官領から杉宮の辰麿は、例幣使街道筋の名主の縁戚で鳥刺の丹蔵ではないかとの報告があったそうです。この丹蔵、鳥刺竿の扱いが巧妙にて、鶯《うぐいす》、駒鳥、るりなどの鳴鳥を捕まえるのを得意にしておりましてな、鳴き声の悪しき鶯や金にならぬ下鳥は、鳥刺竿に細身の刃物を装着したものにて刺し殺したそうな。数年前には例幣使の前でこの芸を披露して、『鳥飼はよき道楽でおます、そなたの芸は殺生芸どす』と蔑まれたことがあったそうな。その後、一家して行方を絶っております」

「鳥刺が真の例幣使に蔑まれ、自らを例幣使杉宮の辰麿などと名乗り、押込み強盗に変じたのかのう」

「日光街道、奥州街道での押込み強盗は一年数月前から始まり、押込み強盗に遭った家の主には、細い刃物で刺したような傷があるそうです」

「なんと仕込み杖にある細身の直刀は鳥刺の芸から創案された刃物であったか」

小籐次はこれまで聞いたこともない殺人技に驚きを隠しきれなかった。

「鳥刺をやっていたころ、丹蔵の口癖は、『江戸にいき、一旗あげてみせる』というものだったそうです」

「丹蔵の身内は何人であったかの」

「それがはっきりとしていませんので。あとは押込み強盗を始めて集まった無宿者でしょうな」

「かような鳥刺に捕まった鳥が哀れじゃな」

小籐次の言葉に頷いた秀次が、

「これ以上押込み強盗が起こらないことを願っております」

と言い残し、帳場格子に向けて挨拶して研ぎ場から去っていった。

そんな話を聞いているのかいないのか、駿太郎は黙々と下地研ぎに精を出していたが、

「父上、世間には鳥刺なんて仕事があるのですか」

「人の道楽は様々でな、鳴き声のよい鳥は『上鳥』と称して大金で取引されると聞いたことがある。鶯など野に放って鳴き声を聞いておればよいものを、どうして人はなんでも金を絡ませおるかのう」

「鳥になんの罪もございません」

「ないな」

と言い合った二人はまた研ぎに戻った。すると四半刻もせぬうちに二人の前に新たな人影が立った。

小籐次が見上げると、その笑顔の主を見知っていたが名は知らなかった。

「あ、喜多川歌冶師匠だ」

と国三の声がして、

(先手を打たれたな)

と思いながら小籐次は研ぎ場に立ち上がり、

「お初にお目にかかる。この度はあれこれと世話になった上に、おりょうに絵筆

や絵の具までお贈り頂き、恐縮至極にござる。わしのほうから師匠のもとへ挨拶に出向こうと思うておったところだ」

と小籐次が挨拶した。

「いえいえ、私のほうこそ礼を申すべきでしてな」

「おや、さような覚えはないがのう」

「いえね、赤目様とご子息の駿太郎さんの絵を国三さんの造った紙人形に描かせてもらったおかげで、なにやら風向きが変わりましてな、絵草紙屋から赤目小籐次様の絵を描けとの注文がございまして、急に金回りがようなりました。それもこれも酔いどれ小籐次様の武名のお蔭にございます」

「それは違いますぞ、歌冶師匠。そなたの真の力を絵草紙屋が認めたのでござるよ。世間にはいくらも美形の女衆はおられる。わしや駿太郎ではのうて女衆を描いてさらに喜多川歌冶の名を上げなされ」

「いえ、そのようなことは絵師ならだれもが考えることにございますよ。私は滋味深い酔いどれ小籐次様の顔が好みでございましてな。本日、私がこちらに伺ったのは、赤目様の仕事ぶりを絵にしたくてお願いに上がりましたので」

と歌冶が言い出した。

「うむ」

と唸る小籐次に背中で観右衛門の声がした。

「世に美人図はいくらもございましょう。歌冶師匠、赤目小籐次様の尊顔に目をつけられるとは、なかなかでございますぞ」

「尊顔もなにもあるものか、もくず蟹を踏み潰した顔のどこがよい。背中からぐさりと鳥刺の竿で刺されたようじゃ」

と小籐次が言うと歌冶師匠が笑い出した。そして、画帳と筆を手に小籐次の困惑の顔をさらさらと描き始めた。

もはや万事休すだ。

小籐次は仕事に戻るしか歌冶の絵筆から逃げる術はない。

「父上、丹波篠山の旅から戻ったら、おかしな具合になりました」

「なったのう。歌冶師匠からは絵筆や絵の具を頂戴致したし、もはや逃げ場はないな」

「ありません。仕事を最後まで致しましょう」

駿太郎に言われ、小籐次は気持ちを引き締め直すと研ぎ仕事に戻っていった。

ほぼ京屋喜平の道具の研ぎが終わりかけたころ、

「赤目様、久しぶりの芽柳派の集いに行って参りましたぞ」

隠居の五十六の声がして、小籐次は研ぎの手を止めた。

「ご隠居、留守の間に詠んだ歌はどんな評であったな」

「だいぶ師匠の朱が入りました。されど独りで迷い、思い悩んだあとがみえて歌作に深みが出たと、お褒めの言葉を頂戴致しました」

五十六は嬉しそうに言った。

「おお、そうじゃ。長の不在で門弟衆の数は減ったのではないかな」

小籐次は案じていたことを尋ねた。

「いえ、それどころか三人ほど新入りがございましたな」

「なに、新入りがあったか。それは不思議な」

「不思議なことがありましょうや。赤目様の武名が上がればおりょう様の令名もそれに従って上がり、歌人おりょう様の名が上がれば、赤目様の名も高くなります。高々三月や四月留守にしたところで、門弟が減るものですか」

と五十六が明言した。

「おや、いつの間にや歌冶師匠の姿が消えておるな」

と小籐次が呟き、

「歌冶師匠は赤目様の仕事ぶりを描いておられたそうな。次の芽柳派の集いには望外川荘に伺いたいと言い残していかれましたぞ」

と五十六が応じた。

「なに、望外川荘もか。それはおりょうの了解を得んとな、わしではどうにもならぬわ」

いかにもさようです、と五十六が店の敷居を跨いで姿を消し、小籐次と駿太郎は最後の仕上げに取り掛かった。

その瞬間、小籐次は改めて妙な感じがした。

三

駿太郎は七つ半（午後五時）前に駒形町の畳屋備前屋の手入れを終えた道具を小舟に乗せて、久慈屋の船着場を離れた。

その折、小籐次も小舟に乗せてもらい、新兵衛長屋に立ち寄るよう駿太郎に命じた。すると新兵衛が長屋の裏庭で「研ぎ仕事」を終えたところだった。

「駿太郎、気をつけて帰れ。風があるでな、内海を通らず三十間堀を使って日本橋川に出て、崩橋を潜って大川にでるとよい」

　と注意を与えた。

「そうします、父上」

　と父の言葉を素直に受け止めた駿太郎は、堀留の石垣から新兵衛長屋に飛び上がった小籐次を確かめ、小舟を器用に操って舳先を巡らし、三十間堀に向かった。

「酔いどれの旦那よ、今宵はこちらで夜なべ仕事か」

　厠から綿入れを着て姿を見せた勝五郎が聞いた。

「まあ、そんなところだ」

「駿太郎はよ、この前まで赤子でよ、おまえさんの背中に負ぶわれていたが、年寄りの親父を手伝うようになっちまったな。その分、赤目小籐次、老いたりか」

　勝五郎が遠ざかっていく駿太郎の小舟を見送りながら言った。

「下郎、戯言《ざれごと》をいうでない。わが倅の名を呼び捨てにしおって、赤目小籐次父子をさげすみおるか、雪隠《せっちん》がよい」

　と片付けを終えた新兵衛が勝五郎に怒鳴った。

「おお、うっかりとなりきりの酔いどれ様の前でおめえさんの異名を呼んじまったよ。許してくんな、新兵衛さんよ」

と勝五郎が許しを乞うと、

「雪隠がよい、幾たび注意致さば、この赤目小籐次の名を覚えるか。いつまでもさようなことを繰り返すとただでは済まさぬぞ」

と新兵衛が木造りの刀を引き寄せた。

「そりゃ、すまねえな。それにしても雪隠がよいはひどくないか」

「長屋で雪隠に通う回数は、そのほうがいちばん多いわ。雪隠がよいと呼んでどこがおかしい」

そこへお夕が新兵衛を迎えにきた。

「お夕ちゃんよ、ほんとに新兵衛さんは呆けているのかね、おれのことは雪隠がよいでよ、駿太郎のことをわが倅と呼びやがったぞ」

「呆けているんだか、賢いんだか私にも分かりません」

とお夕が勝五郎に言い、

「赤目様、お迎えに上がりました」

と手慣れたもので自分の祖父に視線を向け直し、「赤目様」と呼びかけた。

「おお、お女中、大奥に下がる刻限か」

「はい、その前に湯あみが待っております」

とお夕が新兵衛に言い、

「湯あみのう、面倒じゃのう」

と抗うのを上手にあやして、柱の切れ端で造った砥石など研ぎ道具をお夕が抱え、新兵衛長屋の裏庭から二人して木戸口に向かった。

「おい、酔いどれ様よ、新兵衛様が湯屋に来ぬうちに先に湯に浸かりにいかないか。それでよ、帰りに屋台で一杯やるてのはどうだ」

「いいな」

と言い合った二人は、それぞれの部屋に戻ると湯屋に行く仕度をして急いで木戸口を出た。

馴染みの湯屋の湯船に浸かって、二人はほっとした。

「勝五郎さん、空蔵さんから大仕事は来ぬか」

「大仕事はこねえな。だがよ、本日はおまえさん一家の篠山話の二回目を彫ったな」

「なにっ、空蔵め、二回目の旅話を書いたか」

「おしんさんとおりょう様から聞いた話が役に立ったそうだ。いや、それよりお鈴さんという娘から聞いた篠山藩の隣藩はどこだったかな」

「柏原藩かな」

「おお、それだ。そこの柏原大神宮だか八幡宮で、武芸者千人斬りを望む鶴我《つるが》美作守《みまさかのかみ》武蔵なる大男の武芸者を酔いどれ小籐次様があっさりと仕留めたそうだな」

「なに、あの話まで書かれたか」

「まあ、酔いどれ様と空蔵の間柄、読売に書かれるのは諦めるんだな。なにしろ相手は食らいついたら離さない、すっぽんのほら蔵だ」

と勝五郎が空蔵の異名にすっぽんまで付け加えて言った。

ううん、と小籐次は唸ってみたがもはやどうしようにも手立てはない。

「おい、今晩は新兵衛長屋に泊まるんだよな。例の四斗樽を開けないか、おりゃ、丹波篠山の酒を飲んだことがないや、時に山家《やまが》風の酒を飲むのも悪くあるまい」

「だがな。二人だけでは四斗樽は持てあまそう。帰りに堀端の魚田《ぎょでん》で飲むくらいがよくはないか」

四斗樽の送り主が青山忠裕とはおしんが把握していなかったことを訝しく感じた小籐次は、おしんの返事を待って四斗樽を開けたほうがよかろうと考えたのだ。

「四斗樽はさすがの酔いどれ小籐次も飲み切れんか」

勝五郎は諦めた。

「それより新兵衛長屋の別棟に新たな住人が入ったと言っていたな」

小籐次が話柄を変えた。

「おお、姉と妹だがな、奇妙にも男を惹き付ける美形でな、長屋のかかあどもが若い美形に嫉妬してよ、評判はよくないな」

「姉のお華さんが最近購ったばかりという出刃包丁の研ぎを頼みにきたのだ。長屋のおかみさん連が嫉妬するほどの派手な身形でものうて、化粧もさほど派手派手しくはなかったがのう」

「酔いどれ様よ、男と女の見方は違うんだな。格別になんてことはなさそうだが、うちの長屋より別棟の長屋の女連がさわいでいるとお麻さんが困っているぜ」

「久慈屋の家作に住まわせる許しを与えたのは大番頭の観右衛門さんというではないか。お麻さんが困ることはあるまい」

「そうじゃねえよ。あちらの長屋の女連と二人の姉妹が角突き合わせているのによ、おきみなんぞがなぜか加担しているんだよ」

と勝五郎が言い、

「おい、新兵衛さんが桂三郎さんと湯に来た様子だぜ。早々にわっしらも湯屋を出てよ、魚田にいかないか」

と勝五郎は小籐次を促した。


新兵衛長屋の前で勝五郎と別れた小籐次が、ふらりふらりと酒に酔ったような足取りで芝口橋に向かったのは、六つ半の刻限だ。

町屋と蔵地に挟まれた通りには冬の宵のせいか人影はなかった。

魚田で飲んだ二合ばかりの酒の酔いに上機嫌でうろ覚えの俗謡などを口ずさみながら小籐次は歩いていく。

新兵衛長屋と久慈屋の中ほどまで戻ってきたときのことだ。小籐次は暗がりから刺すような殺気を感じた。

小籐次にとって馴染みの気配だが、さすがに悪さを仕掛けるにはいささか刻限が早過ぎると小籐次が考えていると、前方から職人風の二人が道具箱を抱えてやってきた。

「おや、酔いどれ様、ご機嫌のようだな」

「堀端の魚田で一杯ひっかけたら酔いが回った。齢だな」

「酔いどれ様が屋台の酒で酔うだと、世も末だぜ」

と言葉を掛け合いながら擦れ違った。

いつしか殺気の眼差しは掻き消えていた。

芝口橋に出るとさすがに往来する人の群れがいた。

「おい、酔いどれ様、この刻限から酒に足をとられているようだな」

ここでも知り合いの職人が小籐次のほろ酔い機嫌に気付いて声をかけてきた。

「これから須崎村まで帰るのだ。酒でも飲んでおらぬと体が冷えるわ」

と応じながら、小籐次は監視の眼が消えたことを慎重に確かめた。

小籐次は出雲町に出て久慈屋を通り越し、人の流れを気にしながら路地に潜り込んだ。そして、路地伝いに久慈屋の裏口に戻ってきた。

久慈屋では奉公人が夕餉を終えた時分で、観右衛門が定席で小籐次の帰りを待っていて、いきなり質した。

「新兵衛長屋になんぞ変わったことがございましたかな」

国三が大番頭に用事を命じられ差配のお麻を訪ねると、小籐次が勝五郎といっしょに湯屋に行っていることを告げられたというのだ。ゆえに観右衛門は小籐次の行動を承知していた。

「いや、そうではないが、ときに長屋の様子も見ておかぬとな」

「うちの家作にまで気を使ってもらい、申し訳ございませんな」

「勝五郎さんと湯屋に行き、魚田で軽く酒を酌み交わしてきた」

「もう少し酒を飲みますか」

「いや、止めておこう。なにしろこちらにご厄介になっておる曰くが曰くじゃからな」

「店仕舞まで秀次親分が姿を見せませんでした。ということは少なくとも昨晩は、杉宮の辰麿なる押込み強盗は悪さを働いておりませんな」

「ということじゃな」

二人は夕餉を食しながら話を続けた。

「在所であくどい所業を繰り返した一味が江戸に出てきておることは確かでござろう。じゃが、これまで八ッ山の古木屋の隠居所、さらには古筆屋藪小路方の二件の押込みで十二人もの命を奪いながら、二百三十両余りを盗んでいっただけじゃ。悪名の高い押込み強盗としては物足りなかろう。三つ目の仕事は杉宮の辰麿の名を売るためにも派手な押込み強盗をなす気であろう」

と小籐次が言った。

「嫌な感じですな」

「いかにもさよう」

と二人して早々に夕餉を切り上げた。

翌朝、小籐次は久慈屋の残りの道具の研ぎを行った。これでひとまず芝口橋界隈の仕事はいったん終わることになる。明日からは深川の蛤町裏河岸の得意先に無沙汰を詫びつつ、仕事をしようと考えた。

五つ半時分、おしんが小籐次の研ぎ場に姿を見せた。

「えらく早いお出ましじゃな。なんぞござったか」

「赤目様、例の四斗樽ですがね、殿をはじめ家臣の方々に聞いたのですが、だれも赤目様の長屋に丹波篠山の酒を贈った者がいないのでございますよ」

「なに」

「西の丸下の老中屋敷と八辻原の江戸藩邸の両方を聞き回りましたが、だれも殿に無断でさような真似をする家臣はおりません」

「おかしいな」

「まだ四斗樽に手をつけていませんよね」

「昨晩、勝五郎さんが四斗樽の酒を飲みたいというたが、わしが止めた。だれが老中青山忠裕様の名を騙《かた》り、新兵衛長屋のわが仕事場に持ち込んだか」

二人は顔を見合わせていたが、

「おしんさん、酒樽がだれから贈られたかはっきりするまでどこぞに保管していたほうがよくはないか」

「いえ、それよりは四斗樽の中身を調べる要がございますよ。だって、うちではだれも赤目様に四斗樽を贈っていないのですからね」

そんな二人の話を手代の国三が聞いていた。

小籐次はしばし考えた末に研ぎ場から立ち上がり、昌右衛門と観右衛門が座した帳場格子の中に事情を告げに行った。おしんも一緒にだ。

「私も赤目様の仕事場に篠山藩から丹波杜氏の造った酒が贈られたという話は聞いております。それが違うとは一体全体どういうことでございますので」

と観右衛門が言った。

「わしと青山様の関わりを承知の者が名を騙ったか」

「赤目様、騙ったばかりではございますまい。酒好きの赤目様になんぞ仕掛けた者がいるやもしれませんよ」

おしんが言った。

「そういえば昨夜のことだ」

と前置きした小籐次は勝五郎と別れたあと、殺気を孕《はら》んだ視線が向けられていたことを告げた。

「やはり樽酒を調べたほうがようございましょう」

と観右衛門が言い、

「難波橋の親分にこの一件、告げておいたほうがよさそうじゃな」

「ならば国三に走らせましょう」

と観右衛門が国三を呼んだ。

「そなた、赤目様とおしんさんの話を聞いておられましたな」

「つい傍らにいたものですから耳に入りました」

「ならば説明の要はございませんな。秀次親分にこの一件を告げてきなされ」

「わしとおしんさんは新兵衛長屋に先に参っていよう」

三人は二手に別れて新兵衛長屋と難波橋の秀次親分の家へと向かった。

新兵衛長屋の木戸を潜るとお夕が新兵衛の仕事場を設えていた。

「あら、赤目様とおしんさんだわ」

お夕が険しい表情の二人を見た。

井戸端に女衆がいて、小籐次とおしんに視線を向けた。

「どうしたんだ」

勝五郎が腰高障子を開けて姿を見せた。

「四斗樽に用事でな」

「なに、望外川荘に持ち帰ろうという話か。昨夜のうちに蓋を開けておくんだったな」

勝五郎が残念そうに言うのを横目に小籐次は仕事場の戸を開いた。

板の間にでんと四斗樽が座していた。

小籐次にとって篠山でお馴染みの酒だった。百日稼ぎで灘や伏見の銘酒を造り上げた丹波杜氏が、故郷の水と米とを使って造り上げた篠山酒造の酒、その名も鳳楽だ。

「赤目様、藩が格別に江戸に送らせたもの以外、篠山の酒はそう多く出回っておりませんよ」

おしんが言った。

「江戸で買い求めるのは難しいかな」

「いえ、新川の酒問屋の一軒が数年前より扱っております。殿のお声がかりで丹波杜氏の故郷の酒を売り込もうとしております。ですが、あとからの参入ゆえ灘の酒の売れ行きには到底敵いません」

とおしんが言い、小籐次が板の間に上がり、酒樽を丁寧に検めた。

薦《こも》に包まれ、縄で縛られた四斗樽に細工されたような跡は見えなかった。

「勝五郎さんや、この薦樽を運んできた連中を見たのかな」

「おうさ、船からよ、黒紋付羽織袴の武家と小者たちがよ、『赤目小籐次氏《うじ》の仕事場はこちらじゃな』と庭にいたおれに聞いて、新兵衛さんが、『それがしが赤目小籐次でござる』というのをよ、なんとか止めて、小者たちがこの四斗樽を長屋に運び込んだんだよ。それがどうかしたか」

「武家の口上を覚えておるか、勝五郎さん」

「確か『われら、丹波篠山藩の家臣である、近々赤目氏がわが篠山よりお帰りになるで、篠山の銘酒を前もって贈らせてもらう。老中青山下野守様直々のお指図である』みたいな口上だったな」

小籐次はおしんと顔を見合わせた。

「なにがあったんだよ、酔いどれ様よ」

「篠山藩ではわしに四斗樽など贈ったことはないそうじゃ」

「じゃあ、だれがおめえさんに贈ったんだ」

「それが分からぬ」

というところに堀留に御用船が着いた気配がして、近藤精兵衛や難波橋の秀次親分、それに蘭方医と思える若い医師が姿を見せた。

小籐次が新たに訪れた三人に事情を告げた。

「篠山藩青山家ではこの四斗樽を贈った覚えはないと申されますか」

「そういうことだ、近藤どの」

しげしげと見ていた秀次が、

「薦樽の中身になにかを入れるなんて細工はどこにも見えませんがな」

「天下の赤目小籐次様を亡き者にしようという輩が贈ったとしたら、簡単に見つかるとは思えぬ。近藤様、この薦を切り取ってようございますかな」

と若い医師が近藤に言った。

「なに、わしを殺そうとして四斗樽に毒のようなものを混ぜたか」

「まさか篠山城下でさような細工をしましたかな」

小籐次の言葉に思わず秀次がその場におしんがいることを忘れて、不用意な発言をした。

「親分さん、わが篠山藩に赤目様を毒殺しようなどという不届きな家臣はおりません」

「おしんさん、すまねえ。迂闊なことを口にした」

秀次が謝った。

小籐次が仕事場の片隅にあった小刀を摑むと縄と薦を切り分けて、四斗樽を裸にした。すると、樽の上部に二箇所、径二分ほどの孔《あな》があり、その孔に木栓で丁寧に蓋がされていた。子細に見ないとわからないような孔の跡だった。

「酒樽にかような孔はありますまいな、赤目様」

と若い医師が尋ねた。

「それがし、四斗樽とはいささか馴染みがござるが、かような孔を見たことはござらぬ」

「奉行所にこの四斗樽を持ち帰り、詳しく調べたい」

若い蘭方医が小籐次に許しを乞うた。

「赤目様、尾形雄太郎どのは長崎にて何年も毒について学ばれた優秀な蘭方医です。持ち帰って構いませんか」

「近藤どの、わしが頂戴する曰くもない酒樽じゃ、いかようにもお調べ下され」

と小籐次は許しを与えた。

秀次が小者と手下を呼び、四斗樽と小籐次が切った薦と縄を御用船に載せた。

「何か分かったら、お知らせに上がります」

と近藤が言い、堀留から出ていった。それと交代するように駿太郎が操る小舟が堀留に着けられた。

「父上、どうなされました」

「駿太郎、舟に乗って説明しよう。おしんさん、少しばかりつき合ってくれぬか」

「新川に参られますな」

「だれがあの四斗樽を購ったか、唯一篠山で造られた酒を扱うという新川の酒問屋を訪ね、問うてみようではないか」

駿太郎の漕ぐ小舟におしんと小籐次が乗り、小籐次が堀留の石垣を押した。

「酔いどれ様よ、この話、空蔵にしてよいか」

「勝五郎さん、事がはっきりしたときには空蔵に告げてよい。それまでこの話は内緒にしてくれぬか」

小籐次が釘を刺すと勝五郎はしばらく間を置いて頷いた。

四

下り酒を扱う酒問屋が軒を並べる新川の両岸で、丹波篠山の酒を扱うのは、二ノ橋の北側に店を構える但馬屋杵六方であった。

「おや、酔いどれ大明神のお出ましとはまたどんな風の吹き回しですね」

但馬屋番頭の桐三郎が小籐次に問い、傍らのおしんを見た。

「おしんさんはわしの知り合いでな、丹波篠山の青山家の関わりの女衆だ」

へえ、と桐三郎が曖昧に返事をした。

「こちらでは丹波篠山の酒を扱っているそうだな」

「おお、酔いどれ様は丹波篠山を訪ねて江戸を留守にしていたのではないか」

「それなのだ。篠山から江戸へ戻ってきたら篠山の四斗樽がわが仕事場に届いておった。鳳楽なる酒だ」

「それはうちで扱う酒ですよ」

「じゃそうな。このところどなたか鳳楽の四斗樽を買い求めた者はおらぬか」

小籐次の問いに桐三郎が妙な顔をした。

「二十日ほども前かね、武家方の小者が鳳楽をどこぞの祝儀に贈りたいと購いましたな、正直丹波篠山の酒の名は江戸では知られていませんや。珍しいこともあるものだと思っていたんだがね。酔いどれ様、それがどうかしたか」

「いや、こちらに不行き届きがあったという話ではない。四斗樽を買い求めたのは武家方の小者のようだと申したな。武士は同行しておらなかったか」

「船にね、初老の武家が乗っていたが、船を下りることはなかったな。足でも悪いのか杖を携えておられましたよ」

「その者たち、どちらの屋敷か名乗らなかったか」

「名乗りませんな、現金払いで四斗樽を積み込むと早々に大川河口のほうへと消えていきましたな」

これが但馬屋の番頭が知る丹波篠山の四斗樽を売った経緯だった。小舟で待っていた駿太郎のところに戻った小籐次とおしんに、

「父上、どちらに舟を向けましょうか」

小籐次がおしんを見て、八辻原の篠山藩江戸藩邸に送ろうかという表情を見せた。

「赤目様、芝口橋にご一緒しましょう。ひょっとしたら四斗樽になにか入れてあったか、なんの害もない酒か、南町から連絡が届いているかもしれませんから」

おしんが答え、駿太郎が久慈屋へと小舟を向けた。

だが、未だ南町奉行所からなんの報せもないとの観右衛門の言葉に、おしんはいったん屋敷に戻り、小籐次と駿太郎はこの日、久慈屋の道具の研ぎをして過ごした。

七つ（午後四時）の刻限、久慈屋の道具の手入れが終わった時分、近藤精兵衛と秀次の二人が険しい顔付きで久慈屋に再び姿を見せた。

「赤目様、あの四斗樽に入れられていたのは『いわみぎんざんねずみとり』だったそうですぜ。それも結構強いものだったらしい」

秀次の言葉に小籐次は黙って考えた。

殺鼠剤の「いわみぎんざんねずみとり」は石見銀山の砒素からつくったものだ。鼠が出る市場、食いもの屋、料理屋などが売り子から買い求めて使用した。

「赤目様、あの薦被りの四斗樽を飲めば、量によっては人の命が奪われても不思議ではないと尾形先生が申されておりました。どこのどやつが赤目様を毒殺しようと企てましたかな」

近藤が怒りの籠った言葉を吐いた。

「どうやら例幣使杉宮の辰麿こと鳥刺の丹蔵の仕業のようじゃな。高い値で取引される小鳥を飼っていたとしたら、鼠避けに『いわみぎんざんねずみとり』を使っていても不思議はあるまい」

おしんといっしょに訪ねた新川の酒問屋但馬屋で聞き知った番頭の話を、近藤と秀次にした。

「あやつら、赤目様にまともに戦いを挑んでも勝ち目はないと思い、鼠とりを入れた四斗樽を付き合いのある篠山藩青山家の名で届けましたか」

近藤が驚きの声で言った。

「昨夜、勝五郎さんが薑を開けて飲もうかと言い出したのだが、屋台で酒を飲んだおかげで、命を捨てずに済んだようじゃな」

小籐次は答えながら、このところ篠山藩がらみで鼠が続いておるなと思った。

だが、同じ鼠でも、お伽草紙の『鼠草紙』と「いわみぎんざんねずみとり」の鼠では全く違った。

(鳥刺の丹蔵め、許せぬ)

小籐次は胸の中で怒りを覚えた。

「なぜ赤目様を殺そうと思いましたかな」

秀次がだれにとはなく聞いた。

「赤目様は老中青山様とも上様ともつながりがあることは世間に知られていよう。公儀に不満を抱いておるという杉宮の辰麿にしたら、赤目小籐次様は、お上の守護者とでも思うたか」

南町奉行所定廻り同心近藤精兵衛が言った。

「ちくしょう、辰麿だか丹蔵だかの一味を捕まえませんと、江戸での三件目の押込み強盗が今晩にもおきかねませんぜ。赤目様殺しをしくじったと、相手も気づいていましょうからな」

と秀次が言い、

「一味の塒《ねぐら》はこの界隈にあるのでしょうか」

と問うた。

「新川には船で来たようだ。一味が船を借りておるか、所有しておるかも知れぬ」

と応じた小籐次が、

「近藤どの、親分、『いわみぎんざんねずみとり』を手に入れるのは売り子からであったな」

と質した。

「へえ、歩き売りの売り子から杉宮の辰磨の塒を絞り込むのは難しゅうございましょうな」

と秀次が小籐次の問いに答えた。

小籐次はしばし沈思したのち、

「一味はいつ江戸へと出てきたと思われるな」

と胸の疑念を質した。

「下総葛飾郡土井大炊頭《おおいのかみ》様の古河城下で奴らが押込み強盗を働いたのが一月あまり前、そのあとのことではございませんか」

「そこだ。一味が江戸へと出てきたのは意外と早いとは思われぬか」

「なぜですな」

と近藤が反問した。

「杉宮の辰磨の最後の狙いは江戸であろう。となると慎重を期して一味を江戸に先行させて下調べをなしていたか、一味全員が頭分の辰磨を含めて江戸に入り、すでに決めていた塒に潜んでいた。その上で古河城下の仕事は、江戸から出かけたかもしれぬ。江戸と古河はせいぜい十六里か。徒歩であっても二日とかかるまい。また古河城下の仕事のあと、船を用いれば利根の流れを利用して、一気に江戸へと戻ってこられよう」

「それは考えませんでしたな」

と近藤が応じて考え込んだ。

「また『いわみぎんざんねずみとり』じゃが、鳥刺時代から仲間に売り子がいたとなれば江戸で購うことはなかろう」

という小籐次の思い付きに、

「赤目様の推量を奉行所に質してみます」

と近藤は秀次を連れて南町奉行所に戻っていった。

小籐次は研ぎ仕事に戻ったが、いつもの無心の研ぎは戻ってこなかった。

杉宮の辰麿こと鳥刺の丹蔵の狙いはなへんにあるのか。

押込み強盗一味が公儀を倒せるとも思えない。となると、金子が目当てか、名を江戸で売ることが狙いなのか、そんなことを散漫に考えながら帰り仕度を始めた。

小籐次と駿太郎は、小舟に研ぎ道具を積み込み、

「明日からは深川界隈で仕事をしますでな、なんぞあれば蛤町裏河岸に連絡《つなぎ》をつけて下され」

と小籐次が帳場格子に声をかけ、駿太郎は久慈屋の船着場から築地川に小舟を向けた。

小舟は三十間堀に入り、八丁堀をかすめて楓川《もみじがわ》へと進んだ。一見、小籐次と駿太郎父子が望外川荘に戻る姿のように思えた。だが、楓川と日本橋川が出会う江戸橋際では小籐次の姿は消えていた。駿太郎と別れる前に明朝には新兵衛長屋で落ち合い、何事もなければ深川の蛤町裏河岸へと仕事に行こうということを話し合っていた。

宵闇に紛れて芝口橋へと戻りながら、小籐次はふと気付いた。

杉宮の辰麿を名乗る押込み強盗の頭分が鳥刺の丹蔵ならば、小鳥屋と関わりがあるはずだと思った。奴は江戸に出て、例幣使街道から日光街道で稼いだ金子で小鳥屋を買い求め、押込み強盗の連中はそんな店を住まいにして小鳥屋を営んでおるのではないか、と思い付いた。

小鳥屋ならば江戸の府内にあってもおかしくはない。だが、鳥刺が府内に居を構えることはあるまい。野鳥が棲む郊外に塒を構えているのであろうか、などと考えながら、路地伝いに久慈屋に戻ろうとしていた小籐次は、難波橋の秀次の家に足を向けた。

探索が行き詰まっているせいか、秀次はすでに家に戻っていた。

「おや、赤目様、どうなされましたな」

「ちと思い付いたことがあって参った」

小籐次は秀次親分方の居間に通された。どうやら秀次と手下たちもつい最前戻ってきたばかりのようで夕餉の最中だった。

小籐次は神棚のある居間の長火鉢に腰を下ろすと、思い付きを語った。

「赤目様、わっしらが考えたより前に江戸に拠点を移した杉宮の辰麿一味は、小鳥屋の店を購うか、あるいは新たに店開きしてそこを塒に押込み強盗の正体を隠していたといいなさるか。そして、一月あまり前の古河の仕事は江戸から出かけていった、というわけで」

「新川の但馬屋では、杉宮の辰麿こと鳥刺の丹蔵は武家の形をしていた。古筆屋藪小路方に押し入る前に若い女と下見に店を訪れた折にも武家の形をしていたとなると、辰麿自身は武家が出入りしても不思議ではない塒を別に構えているのかもしれぬ。どうだ、この思い付きは」

「小鳥屋は大店ではございませんな、せいぜい奉公人を入れても六、七人の一家でしょう。鳥刺となると、府内ではございませんぞ。川向こうかな。あちらなら大名家の下屋敷なんぞもあり、武家方が近くに住んでいてもおかしくはございませんな」

と秀次が沈思した。

「親分、杉宮の辰麿が江戸で初めて押込み強盗を働いたと思われるのは、品川宿八ッ山の隠居所であったたな。あの界隈ならば鳥刺が住まっていてもおかしくはあるまい。さらに武家方の形をしていた杉宮の辰麿が居を構えていたとしてもおかしくはない」

「赤目様、とすると近くに住む畳屋の隠居の与四郎の隠居所に目をつけて、江戸の腕慣らしに最初の押込みを働いたとしても、不思議はございませんな」

と言った秀次が、

「隠居の与四郎さんは盆栽いじりなどしていましたな。小鳥を飼うようなことをしていたということはございませんかな」

と言い出した。

「盆栽、小鳥飼いなどというのは隠居の暇つぶし、道楽だな」

としばし腕組みして聞いていた小籐次が応じ、

「山王町の畳屋を訪ねてみますか」

と秀次が長火鉢の前から立ち上がった。

「わしも参ろう」

小籐次も秀次といっしょに山王町の畳屋古木屋を訪ねることにした。


古木屋は夕餉の最中だった。

畳屋は年末近くになると忙しい商いだ。つい最前まで仕事をしていた気配が土間に、やり残した古畳に残っていた。

「親分、おや、赤目様か。親父とお袋を殺した杉宮のなんとかって押込み強盗をとっ捕まえたか」

「すまねえ、まだ杉宮の辰麿一家を捕まえたわけじゃない。今宵はさ、一つ質したいことがあって、こんな刻限に赤目様と訪ねてきたんだ」

「なんだね、親分」

「ご隠居は八ッ山で盆栽いじりをしていなさったな」

「おお、隠居になると時間《とき》だけはあるからね」

「もしやして小鳥飼いなんてことはしていなかったか」

「ほう、親分、だれから聞きなさった。死ぬ前のことだ、お袋がうちにきて親父が小鳥を飼うと言い出したというんだ。だれかに勧められたらしい」

「その小鳥屋はどこか分かるまいな」

「親父もお袋も死んだんだよ。どこの小鳥屋かは分からないが、江戸ではあるまいぜ。品川宿近辺かね」

と古木屋の当代が言った。だが、それ以上のことは知らない様子だった。

「赤目様、明日一番で八ッ山に近い品川宿に小鳥屋があるかないか調べます」

と口にした秀次と山王町の古木屋の前で小籐次は別れることにした。


その夜、小籐次は久慈屋に泊まった。

翌朝、早起きした小籐次は新兵衛長屋に移り、駿太郎が迎えに来るのを待った。

「なんだい、朝っぱらから」

長屋の壁越しに勝五郎が小籐次の気配に気付いたか、声をかけてきた。

「いささか事情があってな、こちらに泊まったことにしてくれぬか」

「まさかどこぞで色事なんぞで望外川荘に帰れねえって話じゃないよな。知れたらおりょう様に放り出されるぜ」

「わしの齢を考えよ、また他にも厄介ごとを抱えているわ。こちらに駿太郎が迎えに来るのだ。本日は深川界隈で仕事をしようと思う。駿太郎が来るまで間があろう。勝五郎さん、手入れをする道具はないか」

「ここんところ大きな仕事は空蔵のところからこないや。道具の手入れといってもな」

　と言いながら何本か道具を手にしてきた。その手入れをしながら駿太郎の来るのを待った。

「おめえさん、朝めしは食ったのか」

「いや、ちょいとな、朝が早かったから食いはぐれた」

「厄介ごととは例の押込み強盗杉宮の辰麿の一件だな」

「そういうことだ。秀次親分方が今朝方から動き回っているはずだ。その探索次第だな」

「わっしのところにその一件、来るよな、仕事になるよな」

「一日でも早く目途を立てたいでな」

「ならばうちで朝餉を食いねえ、ろくな菜はないがな」

早々に勝五郎の鑿を研ぎ終え、勝五郎のところで朝餉を食し終えたとき、駿太郎の声がした。急いで堀留に出てみると、小舟にお鈴が乗っていた。

「おお、お鈴もきたか」

「父上、本日は深川で仕事ですよね」

「そのつもりだ」

小籐次が研ぎ道具といっしょに小舟に乗り込んだ。見送りにきた勝五郎に小籐次が、

「もし秀次親分がこちらに訪ねてきたら、本日は深川蛤町裏河岸で仕事をしているというてくれぬか」

「分かったぜ」

駿太郎が小舟を手際よく操り、舳先を巡らして、

「お鈴さん、来るときは大川から堀伝いに来ましたよね、こんどは江戸の内海を抜けていきますよ」

「江戸に着いた日に久慈屋さんの船で通った瀬戸よね」

「あ、そうでした。お鈴さんはすでに佃島と鉄砲洲の瀬戸を承知でしたね。でも、今日は小舟ゆえ揺れますが、父上も乗っていますす。安心してください」

と駿太郎が言った。

小籐次は久しぶりに深川蛤町裏河岸を訪れた。すると角吉《かどきち》の野菜舟が出ていて、幼な子の手を引いたうづや女衆、それに竹藪《たけやぶ》蕎麦の美造《よしぞう》親方が堀に突き出した橋板にいて、

「酔いどれ様、この界隈のことをお忘れになったのではございませんかな。老中のお屋敷には挨拶に行っても、深川なんぞ目ではないか」

といきなり嫌みで迎えられた。

「美造親方、さような言葉で迎えなさるな。あれこれとあるでな、馴染みの蛤町裏河岸を訪ねるのが遅れてしまった。その代わり、本日の研ぎは、お代は頂きませんぞ」

「ちぇっ、老中様からたっぷりと小判でも頂戴致したか」

「親方、丹波篠山には駿太郎の実父実母の墓参りじゃ、殿様から金子を頂く御用ではないわ」

と言い訳したが、

（そうじゃ、青山の殿様からの十両がなければ、この暮れは厳しかったな）

と密かに考えた。

この日、お鈴は野菜を売り歩くうづに従って、深川の永代寺門前町界隈を見物することになった。

その間に小籐次と駿太郎は、溜まりに溜まった研ぎ仕事を一日じゅうせっせと続けた。

昼餉は美造親方の蕎麦で腹拵えし、再び仕事に戻った。

それでも曲物《わげもの》師の万作や経師《きょうじ》屋安兵衛の道具までは手が付けられなかった。

七つ時分、お鈴がうづといっしょに蛤町裏河岸の角吉の小舟に戻ってきた。

「赤目様、魚源の永次親方も赤目様の顔がみたいそうよ。当分、深川で仕事ね」

「そうなるかのう」

と応じた小籐次が、

「どうだ、深川近辺は」

とお鈴に聞いた。

「江戸が広いということが分かりました。お城付近とも芝口橋とも望外川荘辺りとも違いますね。住んでいる人たちが親切なんです」

「深川界隈とお城付近とでは比べようもないな」

と小籐次が応じ、

「父上、秀次親分が参られましたよ」

という駿太郎の言葉に、御用船を見た。

「うーむ、明日、こちらに戻ってこられるかのう」

「ご心配なく。私にできることはやりますから」

と駿太郎が言ったとき、御用船が近付いてきた。すると険しい顔の秀次の他に南町定廻り同心近藤精兵衛が同乗しているのが分かった。

第五章　墓前の酒盛り

一

夕暮れの六つ前、駿太郎が漕ぐ小舟がお鈴を乗せ、湧水池への水路に入ってきた。

いつしか霜月を迎えていた。

日暮れは早い。西空に濁った残照があって池の水面に映っていた。

小舟が戻ってきたことを察したクロスケとシロの二匹が望外川荘の雑木林を抜けて飛び出してきた。そして、競い合うように吠えながら船着場を飛び回った。

いつもの出迎えの光景だ。

「クロスケ、シロ、帰ってきたわよ」

お鈴が手を振ると、二匹の犬は一段と喜び方が激しくなった。するといつもは船着場まで姿を見せぬおりょうが手に提灯を提げて現れて、

「お鈴さん、駿太郎、お帰りなさい」

と迎えた。だが、小籐次が小舟に乗っていないことを確かめると、おりょうががっかりした気配があった。

「本日もわが君は久慈屋さんにお泊まりですか」

駿太郎が船着場に小舟を寄せて、

「南町奉行所の近藤様と難波橋の親分に、深川の蛤町裏河岸から御用船で芝口橋へと連れていかれました」

「駿太郎、押込み強盗は捕まりそうな気配でしたか」

「いえ、近藤様と親分さんの険しい顔からすると、探索がうまくいっていないようです」

おりょうがしばし間を置いた。これまでの経験を思い出している表情だった。

「駿太郎、それはね、ことが終わる兆候だと思いますよ」

長年小籐次と付き合ってきたおりょうはこうご託宣した。

「そうでしょうか」

「そうですとも、見ていてご覧なさい」

おりょうが気持ちを切り替えるように言いきり、

「深川で野菜やら甘いものをあれこれと頂戴しました」

というお鈴の手にした竹籠から瑞々しい大根の葉が出ているのが、おりょうの持つ提灯の灯りに見えた。

「駿太郎、仕事の道具はあちらに置いてきたの」

「明日も蛤町裏河岸で仕事をなします。それで竹藪蕎麦の親方が道具を預かってくれました」

小舟から竹籠が下ろされ、お鈴が船着場に上がった。駿太郎が棹を水底に差して小舟を固定し、手際よく舫い綱を杭に結んで自らも小舟を下りた。

「お鈴さん、深川はどうでした」

「永代寺と富岡八幡宮にうづさんに案内されてお参りしました。門前には多くの食べ物屋があってとても賑やかでした。江戸はまるで篠山の水無月《みなづき》祭が毎日繰り返されているように賑やかですね」

「永代寺は船でお参りできるというので、川向こうの江戸の年寄り方が参拝にお見えになるのよ。浅草寺とはまた違った雰囲気でしょう」

「やはり江戸は広いです。それに水路が縦横に走っていて、帰りは横川を通って望外川荘に戻ってきました」

「春になれば梅も咲き、あの界隈も華やかになるわ」

とおりょうが応じて、竹籠を駿太郎が持ち、

「母上は『鼠草紙』の絵を描いて過ごされましたか」

と尋ねた。

「絵師の喜多川歌冶さんから頂戴した絵の具と筆で色使いを稽古してみました。歌冶師匠が素人の私にあれこれと岩絵の具の使い方を細かく認めて教えてくれましたので、その教えどおりに稽古をしています。本式に『鼠草紙』を描くのは当分先ですね」

とおりょうが言い、提灯を照らしながら雑木林を抜けて望外川荘の泉水のある庭に戻ってきた。

二匹の飼い犬は三人を先導するようにおりょうの前を歩いていたが、広々とした庭に出ると走り回って見せた。犬たちは寒くなればなるほど元気だった。

「これで父上が揃うとクロスケもシロももっと嬉しいだろうな」

駿太郎が言い、懐に入れていた、食べかけの饅頭を取り出して二匹の犬に少し

ずつ与えた。二匹は尻尾を大きく振って、もっともっととねだった。

「駿太郎、クロスケもシロも夕餉は終わっています。これ以上食べさせると太りますよ」

「母上、少しだけです。それにクロスケもシロも一日じゅう走り回っていますからね、太るなんてことはありませんよ。うづさんから茶饅頭をお昼に頂戴しました。いま上げたのは私の食べ残し、一口ずつです」

と駿太郎が言い、

「シロがうちに来てクロスケが一段と元気になったと思いませんか。それにシロは伊勢から江戸へ着いたときはがりがりに痩せていましたが、今ではがっちりとした体付きになりました」

駿太郎のいうとおり望外川荘に仲間が増えたことでクロスケは若返り、シロは一日に二度のエサと運動のお蔭で体付きが変わった。

「あとは旦那様の御用がこの霜月のうちに片付くと、穏やかな師走が迎えられますね」

おりょうがしみじみと小籐次の不在を嘆いた。そして、気分を変えるように、

「お風呂が沸いております。駿太郎、その足で湯殿に行きなさい」

「お鈴さん、私の風呂は烏《からす》の行水です。体を温めるだけですから直ぐに済みます。湯に入る仕度をしていて下さい」

と言い残すと駿太郎は野菜や甘味を入れた竹籠を提げて表庭から裏庭へと回っていった。湯殿に向かいながら父上はどうしているだろう、と思った。


一方、小籐次を乗せた御用船の船中では、秀次親分が小籐次に品川宿での探索の結果を報告した。

「赤目様、北品川歩行新宿《かちしんしゆく》の裏手に清水の井という井戸があるのをご存じですね」

「親分、物心ついて以来、品川宿はそれがしの遊び場ゆえ承知じゃ。清水の井は清らかな水が汲める、あの界隈の人しか知らぬ井戸じゃぞ」

「へえ」

と言った秀次が説明を始めた。

「あの清水の井の近くに小鳥屋があったのはどうです」

「小鳥屋か、それは知らぬな」

「北品川の裏手です、一軒だけぽつんと商いをしているような店で、馴染みの得意しか知らないような、老夫婦二人でやっていた小鳥屋なんです」

と言った秀次が、

「それが三、四月前に不意に代替わりしましてね、足の悪い年寄りの一家五人に変わったのでございますよ。近所付き合いもないので表通りの住人はしばらく気付かなかったそうです」

「足が悪い年寄りな、例幣使杉宮の辰麿を名乗る鳥刺の丹蔵の江戸での隠れ家であろうか」

「と思えます」

「前の鳥屋夫婦は鳥刺の丹蔵と知り合いかな」

「それはなんとも。というのも、数日前から清水の井の小鳥屋はだれも住んでおりませんので」

「また塒を変えたか」

「と思えます」

「大仕事をするために江戸府内に引っ越してきたか」

「とも考えられます」

秀次がぼそりと言い、近藤が、

「この小鳥屋に古木屋の隠居が幾たびか訪れているのが、北品川宿の正徳寺持ちの畑を管理する弥八って寺男に見られております。そのうえ、隠居の与四郎は、弥八に鳥を飼うことにしたと話していたのですよ。そんな風に古木屋の隠居は、小鳥屋の主と付き合いがあったようです」

御用船はすでに江戸の内海に入っていた。

「客の古木屋の隠居を鳥刺の丹蔵はなぜ殺すことになったのかな」

「そこですよ」

と秀次が応じた。

「古木屋は畳屋として芝口橋界隈では老舗でしてね、出入りの馴染み客も古い付き合いでさあ。古木屋の客筋はまあこの界隈の裕福なお店や町人ばかりだ、その一軒が古筆屋藪小路でしてね」

と説明した秀次がしばし間をおき、

「近藤の旦那と北品川宿の聞き込みをもとに話しあったんですがね、古木屋の隠居を痛めつけたのは、古木屋が出入りする客の内所具合や家の間取りを喋らせるためだったのではないかとね。つまり古木屋の隠居は杉宮の辰麿にとって、押込み強盗先ではのうて、飽くまで芝口橋界隈の古木屋出入りの分限者の内情を知るための者でしかなかった」

「そうか、古筆屋藪小路方は古木屋の得意先だったか」

「へえ」

と応じた秀次が懐から紙片を取り出して小籐次に見せた。

そこには十数軒のお店や町屋の名があった。だが、久慈屋の名はなかった。久慈屋出入りの畳屋は、南大工町の辻元八右衛門方というのを小籐次も承知していた。

「杉宮の辰麿こと鳥刺の丹蔵は、この十数軒のうち、次にどこを狙うだろうか」

「それがいまのところ分かっておりませんので。ただし奴らは古筆屋藪小路方で思ったほどの大金を稼いでおりませんや。次はしくじりはできねえ。まあ、この十数軒の中で一番の分限者は南鍋町の長崎ものを扱う唐物問屋肥前屋嘉兵衛方でございましょうな。その上、肥前屋は南町奉行所にも近い」

と秀次が言った。

しばし御用船で沈黙の間があった。

「鳥刺の丹蔵と南町奉行所の間になんぞ曰くがあったか」

小籐次は、国三が呟いた疑問を秀次に告げていた。それでその調べを質したのだ。

「ございました」

秀次の代わりに南町奉行所定廻り同心近藤精兵衛が返事をした。

「鳥刺の丹蔵には兄と同じ仕事の鳥刺の時次郎って無宿者の弟がおりましてな、今から六年前、江戸で押込みを二件働いて金子三十両を盗み、その一件、薬種問屋大和屋の番頭と手代を刺殺した罪で死罪になっております。その当時の奉行は岩瀬伊予守氏記《うじのり》様でございました」

「鳥刺の丹蔵には南町奉行所に、弟の時次郎を死罪にされた恨みがあったというわけか」

「人二人を殺し、金子三十両を強奪すれば死罪は免れますまい、お上としては当然の処断です」

「だが、兄の鳥刺の丹蔵は弟の仇討ちの機会を狙っていたというわけか」

「押込み強盗を始めるに際して鳥刺の丹蔵を杉宮の辰麿なんてご大層な名に変えた曰くは、鳥刺の時次郎が江戸の南町奉行所に捕まったことがあったためでしょうな。そんなわけでこの名であちらこちらで押込み強盗を働いてきた」

御用船はすでに内海から築地川に入っていた。

「唐物問屋の肥前屋には、見張所を設けたであろうな」

「へえ」

と秀次が答え、

「押込み強盗のついでに南町奉行所の鼻を明かすためには、赤目様の存在を鳥刺の丹蔵も気にしたのでしょうな。赤目様が久慈屋に寝泊まりしていることをすでにやつらは承知していませんかね」

と小籐次に問うた。

「わしは南町奉行所の手の者ではないがのう」

「ですが、深いつながりを丹蔵は承知しておりましょう、江戸では赤目様の言動はよく知られていますからな。真の狙いはおそらく肥前屋です、ゆえに久慈屋に赤目様が寝泊まりしているのは奴らにとって好都合の話ではございませんかな」

近藤精兵衛が言い切った。

しばし沈黙していた小籐次が、

「悪党にまでわしの生き方を気にされるとはなんとも妙じゃな」

とぼそりと嘆いた。

芝口橋が見えてきた。

「わしはこれまでどおり久慈屋の不寝番を務めるか」

「一味が動き出すのは九つ（午前零時）過ぎと思いませんか」

「まずな」

「肥前屋の表戸を望める蠟燭《ろうそく》問屋の荒木屋の二階と、裏口を望める裏長屋にそれぞれ二人ずつすでに入れてございます。南町奉行所の動きは普段どおりです。このたびの押込み強盗には鳥刺の丹蔵一味総がかりで肥前屋に押し込むと思いませんか。となると一味は船にて三十間堀の木挽橋か、あるいは土橋から御堀に入り、大胆にも南町奉行所の眼と鼻の先の山下御門辺りに船を留め、山城河岸に上がって肥前屋の裏口から押し入ると見ました。九つ過ぎに赤目様は肥前屋の裏長屋に入ってくれませんか」

近藤同心が願い、裏長屋の絵地図をくれた。

「こたびの押込み強盗には南町もこの界隈もえらく虚仮《こけ》にされたものよのう。長閑《のどか》な旅から戻ってきたら、いきなり殺伐とした騒ぎに巻き込まれてしもうたわ」

と嘆いた小籐次は御用船を汐留橋で留めてもらい、新兵衛長屋に立ち寄ることにした。

なにが起こるにしても刻限が早すぎた。

新兵衛長屋の木戸を潜ってどぶ板を踏みしめて歩いていくと、小籐次の部屋に灯りが点《つ》いていた。

（この刻限に何人《なにびと》か）

と思い、勝五郎の部屋の腰高障子戸を開くと夫婦二人で夕餉の最中だった。

「すまぬ、かような刻限に。わしの部屋に客人か」

「おお、知り合いだ、おしんさんよ」

頷いた小籐次が、

「邪魔をしたな」

「あちらの一件で難義しておるか」

「ということだ」

と返事をして戸を閉めようとすると、

「別の女も来たよ、千客万来だね」

とおきみが皮肉な口調で言った。

うむ、と小籐次がおきみを見た。

「新兵衛長屋の別棟の姉だか、妹だか知らないがさ、ちゃらちゃらした形で包丁の研ぎを頼みにきたよ」

「包丁は置いていったか」

「いや、おまえさんの顔でも見にきた風でさ、いないとなるとあっさりと包丁持って長屋に戻っていったな」

勝五郎が言った。

小籐次は妙な感じがした。包丁はつい先日研いだばかりだ。その上、勝五郎の言葉が気にかかった。

「わしの顔をな、見たところでもくず蟹を踏み潰した顔はどうにもなるまい」

「その大顔がいいってさ、若い女がさ」

おきみが皮肉をいうのを背に己の部屋の戸を開いた。するとおしんが板の間の火鉢の前に座して、くすくすと笑っていた。

「お隣りさんには私も若い女の一人に加えてもらいました。光栄なことです」

「おしんさんも皮肉をいうことはあるまい。あの一件の進み具合が気にかかるか」

頷くおしんに、南町奉行所の近藤と秀次親分が北品川宿で探索したことを、小籐次は薄い壁の向こうに聞こえない小声で告げ知らせた。

「どうやら動き出したようですね」

「唐物問屋の肥前屋が鳥刺の丹蔵の狙いと決まったわけではない。じゃが、近藤精兵衛どのと秀次親分の勘があたることを願おう。こちらも丹波篠山の『いわみぎんざんねずみとり』入りの毒酒で殺されそうになったのだ。一味を野放しにはできぬ」

小籐次の言葉に頷いたおしんに、

「おしんさん、一つ頼みがある」

「なんですね」

「新兵衛長屋は四棟あって、その一軒にお華に小春だかの姉妹が住んでおる。そのお華の包丁の研ぎを数日前にしたばかりだ。ところがまたわしのこの仕事場に研ぎを頼みに来たという。むろんこの姉妹が丹蔵の一味とは言い切れんが、先日から誰かに付きまとわれているような気がしてならぬのだ。勝五郎さんではないが、爺研ぎ屋の動きを窺いに来たのではないかと、勘ぐってみた。なんの証もないことは承知だ」

「赤目様の勘は捨てがとうございます。また、杉宮の辰磨を名乗る鳥刺の丹蔵一味には女も混じっているという話でしたね、早速調べてみましょう」

「差配のお麻さんに問えば長屋がどこか、姉妹の住まいがどこか教えてくれよう」

「赤目様はどうなさいますな」

「腹も減ったがそれより今晩に備えて仮眠をしておこう。わしも齢を考えぬとな」

　と言った小籐次に、

「赤目様、駿太郎さんも未だ十二、来春でようやく十三になります。元気で長生きしてもらわねばね」

　と言い残すとおしんは小籐次の仕事場を出ていった。

　しばらくすると勝五郎が貧乏徳利と茶碗を一つ、それに膳に夕餉を載せて運んできた。

「朝餉に夕餉、馳走になってばかりじゃな」

「おい、酔いどれ様、おしんさんも例の押込み強盗の捕縛に関わっているのか」

「なにしろ南町奉行所のおひざ元での悪行じゃ。公儀も老中も惨酷な所業を許すわけにもいくまい」

　小籐次の言葉を聞いた勝五郎が、

「酒を飲んでよ、飯を食って少し寝ねえ。おまえさんは無理ばかりしているぜ、休みが要るんだよ、一時でもぐっすりと寝ねえな」

勝五郎が言い、お喋りをすることなく隣りに戻っていった。

「勝五郎さん、おきみさん、頂戴致す」

と壁に向かって礼を述べた小籐次は、貧乏徳利の酒を茶碗にとくとくと注いだ。

二

夕暮れから寒さが増した。

「あら、篠山のような寒さだわ」

とお鈴が呟いたほどだ。その言葉どおりにちらちらと白いものが降り始めた。

おりょうは夕餉のあと、行灯の灯りで喜多川歌冶から贈られた絵の具を使い、色使いをあれこれと試してみた。どのように絵の具を膠《にかわ》で調整すれば、あの篠山で幾たびも見た『鼠草紙』の世界に近付けるのか。そんなことを考えながら、頭の隅で世間に頼りにされる小籐次の体を案じていた。

小籐次は五十路《いそじ》を過ぎていた。

世間に衝撃を与えた『御鑓拝借《おやりはいしやく》』騒ぎから長い歳月が流れていた。いくら赤目小籐次が超人とはいえ、隠居を考えてもよい齢だった。

おりょうは、

「小籐次との穏やかな余生」

を考えていた。

そのことがいつ実現するのか。

そんなことを考えながら手は絵の具と膠を混ぜ続けていた。

ふっ、と小籐次の言葉を思い出した。

絵は素人のおりょうが篠山にある『鼠草紙』を再現することは愚かなことではないか、篠山の『鼠草紙』は無二のものだ、と小籐次はいうのだ。

おりょうはおりょうの想いを込めた己の『鼠草紙』を創ることを楽しむべきではないか、とも言った。

このことは『鼠草紙』を描いてみようと思った最初からおりょうも考えていたことだ。それが歌冶師匠に絵の具や絵筆を頂戴したとき、欲が出て頭に残る篠山の『鼠草紙』再現に挑もうとしていた。

私は私の『鼠草紙』を描けばよい、という自明の理に改めて気付かされた。

おりょうは絵筆を洗い、絵の具を片付け始めた。そんなことをしながら小籐次の身を案じていた。

芝口新町界隈にもいつしか雪が降り始めていた。

小籐次は新兵衛長屋の布団に包《くる》まって眠りながら夢を見ていた。いや、現《うつつ》の悩み事を考えていた。

例幣使杉宮の辰麿こと鳥刺の丹蔵の真の狙いはなにか。

杉宮の辰麿は江戸へと向けて押込み強盗を繰り返しながら、最後に仕事をなしたのは日光街道の古河城下であった。狙いは江戸で大掛かりな押込み強盗を働くための準備の金子稼ぎではないか。それにもう一つ、辰麿は未だ江戸入りしていないと見せかけながら、じつはかなり前から江戸での塒づくりや下調べをなしており、古河城下へも江戸から出かけているという考えは当たっているのではないか。そして杉宮の辰麿、いや、鳥刺の丹蔵の真の狙いは、

「南町奉行所の鼻を明かす」

ことではないか、と小籐次は夢現に整理していた。

そのとき、小籐次は浅い眠りの中で、何者かに見張られている気がした。だが、

小籐次は夢と現を彷徨《さまよ》う眠りを己に強いていた。

江戸で働いてきた北品川八ッ山の古木屋の隠居所や、弥左衛門町横丁の古筆屋藪小路藤兵衛方の押込み強盗も、金銭目的を装いながら別の狙いがあったのではないか。

隠居所では多くてもわずか二、三十両、古筆屋にしても筆を納めた蔵の銭箱にあった二百両余りの金子しか奪っていなかった。

古筆屋では当代の南町奉行も筆を購っているという。そんな古筆屋の藪小路方で、筆蔵とは別に隠されていた二千数百両の大金を見逃がす押込み強盗は、「失敗」に終わったかのように南町奉行所に思われていた。一見鳥刺の丹蔵は金子にさほど拘ってはいないように思えた。

小籐次は夢現の中で、

（鳥刺の丹蔵は二件の押込み強盗を行うことで、真の狙いに達していたのではないか）

と思い付いた。

鳥刺の丹蔵の江戸での真の狙いは、弟鳥刺の時次郎の、

（仇を討つ）

ことにあったとしたら、と思いながら寝汗を掻いていた。

小籐次が新兵衛長屋で鼾《いびき》をかいて眠りに就いていることを二人の若い女が密かに確かめて、新兵衛長屋から姿を消した。

その直後、小籐次は新兵衛長屋で目を覚ました。

鳥刺の丹蔵の狙いが弟の仇を討つことにあるならば、この次、丹蔵が狙う相手は、南町奉行所界隈の豪商の一、唐物問屋の肥前屋ではない。

南町奉行所の名を失墜させるのならば別の相手でなければならない。

畳屋の古木屋が出入りする豪商の一軒を狙っていると探索方らに何気なく示唆しながら、目当ては別の場所にあると小籐次は確信した。

行灯の灯りで小籐次はおしんに文を認めて、板の間の上がり框に残した。

壁向こうから勝五郎の鼾が響いてきた。

雪避けに破れ笠と蓑をまとった小籐次は、先祖が戦場から拾ってきたという備《び》中《っち》国《ゆう》次直を腰に差し、足袋問屋の職人頭の円太郎が小籐次のために誂えてくれた革底足袋を履いた。そして、静かに腰高障子を開けると、雪が激しさを増した闇に溶け込むように新兵衛長屋から姿を消した。

一方、おしんは差配のお麻から新兵衛長屋の別棟に住む姉妹の部屋を聞き出して、その長屋に忍んでいった。

その部屋には行灯が点り、一見住人がいるように思えた。

おしんは長屋の一角で姉妹の挙動を見守った。

四つの時鐘が響き、さらに半刻以上が過ぎて新兵衛長屋の別棟の大半は眠りに就いた。だが、姉妹の部屋には未だ行灯が点されていた。

九つの頃合い、おしんは姉妹の部屋へと忍び寄っていった。

姉妹のお華と小春が鳥刺の丹蔵の一味の引きこみ方であり、見張り方ではないかと、小籐次はおしんに示唆した。むろん確証があってのことではない。だが、古筆屋藪小路方の下見には、鳥刺の丹蔵と娘の一人が関わっていた。

金春屋敷裏の煮売酒屋幾松の親方の話では、幾松の客の一人が娘らしき人物を芝口橋付近で見かけたという。

小籐次は漠たる考えながら、新兵衛長屋の別棟に姉妹が住んだのは偶然ではなく狙いがあってのことではないかと思ったのだ。つまり小籐次が狙いではないかとおしんに告げた。姉妹の「正体」を長屋の女衆はなんとなくだが、勘で見抜いていたのではないか。

おしんは、慎重を期して姉妹の住む部屋の前に立った。相手の姉妹がもしも鳥刺の丹蔵の一味ならば、並みの女ではない。おしんが見張っている気配をすでに察しているのではないかと考えた。

神経を行灯の点った部屋に集中した。

(しまった、出し抜かれた)

とおしんは思った。

部屋からいつの間にか人の気配が消えていた。寝ている感じはしなかった。なにより行灯が煌々と点されていた。寝るならば行灯を消すか、あるいは有明行灯に替えないか。

戸口を出た様子はなかった。となると、畳を剝して床板を外し床下から長屋の裏側に忍び出たことが考えられた。

おしんは静かに腰高障子を外した。

行灯が点る部屋の中はもぬけの空だった。

おしんは入り込むと無人の部屋を見廻してみた。持ち物がどれほどあったか、部屋には姉妹の痕跡を示すものは夜具以外になにもなかった。

おしんが見張っていることに勘づいて逃げ出したか。いや、最初からこの夜に新兵衛長屋を捨てる心積もりであったのだろう、とおしんは思った。

姉妹が鳥刺の丹蔵の一味ならば、このような細工は朝飯前だろう。そして、

（今晩大仕事をなす）

とおしんは確信した。

小籐次の勘があたったのだ。

音を立てないように畳と床板を剝ぎ、床下から出た跡を認めた。

おしんは小籐次がいる新兵衛長屋に急ぎ戻ることにした。

新兵衛長屋の別棟の長屋を抜け出た二人の姉妹が、小籐次が寝込んだのを確かめて去ってから半刻後、おしんが新兵衛長屋に戻ってきた。そして、置き文を読んで考え込んだ。

文には鳥刺の丹蔵の狙いは唐物問屋ではないと認めてあった。

（さすがに赤目小籐次、目の付け所が違う）

とおしんは思った。ただし小籐次の勘が当たるかどうかおしんには確信が持てなかった。

今や行動のときだ。

唐物問屋には南町奉行所の見張所があり、直ぐ近くの南町奉行所には捕物仕度の与力同心が控えていた。

おしんが向かったのは、唐物問屋肥前屋の見張所だった。

八つ（午前二時）、闇を染めるほどの雪が降りしきるなか、小籐次は黒衣の二人が久慈屋の裏口に近付くのを見ていた。一人は六尺ほどの竹竿を手にしていた。このところ小籐次は久慈屋に密かに泊まり込んでいたが、鳥刺の丹蔵一味の狙いが唐物問屋肥前屋だと南町奉行所が狙いをつけ、見張所を置いたとき、小籐次は新兵衛長屋に戻った。そして小籐次が新兵衛長屋で寝入ったことも一味は確かめたはずだ。

鳥刺の丹蔵が弟の仇を討つとしたら、まず南町奉行所の権威を失墜させることだろう。その南町奉行所と昵懇の間柄で持ちつ持たれつの付き合いがあるのは、「御鑓拝借騒ぎ」で旧主の恥を雪《すす》いだ赤目小籐次だった。

この小籐次が身内同然に出入りし、店先で研ぎ場を設えて、久慈屋の看板がわりを務めているのは、江戸じゅうが承知していた。

また赤目一家が老中青山下野守忠裕の国許、丹波篠山を訪れ、江戸を不在にしている間、久慈屋の店先には赤目小籐次と駿太郎父子の人形が置かれ、その前に行列ができて、「賽銭」がなんと二百両余も洗い桶に投げ込まれたという。

江戸一番の人気者赤目小籐次に恥を掻かせるには、久慈屋に押込み強盗を為すべきだ、と鳥刺の丹蔵が考えたとしても不思議はない。

丹蔵にとって紙問屋久慈屋に押込み強盗に入り、一家奉公人を皆殺しにして金蔵の大金を奪うことは、一石二鳥以上の効果があるはずだ。

一挙に南町奉行所、赤目小籐次の面目を失わせることになるからだ。

小籐次は、その思い付きを幾たびもなぞりながら久慈屋の裏口の暗がりに潜んでいた。その前に黒衣の肩に雪を載せた二人の女が姿を見せたのだ。

竹竿を手にした女が久慈屋の板塀の前に立った。するともう一人が懐から出した鉤がついた麻縄を塀の上に投げ上げ、忍び返しに絡めた。そして、竹竿の女の肩に身軽にも飛び乗ろうとした。

「そこまでだ」

と小籐次が女たちの前に出ていった。

「なに者か」

と麻縄を手放した女が小籐次を睨み、

「知らぬ顔ではあるまい。先日、わしに研ぎを頼んだでな」

「いかにも研ぎ屋爺の赤目小籐次、またの名を酔いどれ小籐次とも呼ばれておる」

「赤目小籐次、か」

もう一人が罵り声を挙げた。

「ほう、そなたは女に扮した男か。ともあれ鳥刺の丹蔵一味じゃな、畳屋の古木屋の隠居所と古筆屋藪小路家の殺しだけでも、そなたらの命は獄門台に晒されたも同然じゃ」

「親父の仇を討つ」

と女の形をした男が言い、

「なにっ、親父の仇とな。そなたらの親父は何年も前、この江戸で悪行を働き、南町の手で処刑された鳥刺の時次郎か」

「ほう、わしらの親父を承知か」

「ということは杉宮の辰麿こと鳥刺の丹蔵はそなたらの伯父になるな」

「赤目小籐次、そのようなことまで承知とは町奉行所の狗《いぬ》か」

「そなたらに狗呼ばわりはされたくないのう。なんの因果か、上様とも老中とも知り合いの間柄でな。いくら在所が凶作つづきとはいえ、衆を頼んで押込み強盗を働く所業は許せぬ」

「赤目小籐次、死んでもらおう」

と男が竹棹をひょいと振った。すると先端から一尺五寸ほどの細くも鋭利な刃が現れた。

「鳥刺とはさような道具を使うか」

「他の鳥刺は知らず、鳥刺の丹蔵伯父の工夫よ」

小籐次は素早く蓑を脱いで片手に持った。

「兄さん」

「おおー、華」

と兄と妹が声を掛け合い、華と呼ばれた妹の手が振られて出刃包丁が小籐次に向かって投げられた。

次の瞬間、兄が鳥刺の棒を突き出した。

小籐次の手にした蓑が夜空から降りしきる雪を払って、出刃包丁を叩き落とすと同時に、鳥刺の刃を絡めとっていた。

小籐次は蓑を投げ捨てると次直を抜き、蓑が絡まった鳥刺の竹竿を必死で抜こうとする兄に一気に迫り、峰に返した刀で胴を強《したた》かに叩いた。

ぐっ
と呻き声を上げた兄が雪の積もった白い道に崩れ落ち、

「来島水軍流峰打ち」

という言葉が洩れて、妹の華に切っ先が向けられた。

「死ね」

と妹がどこに隠し持っていたか、匕首を構えて突っ込んできたが、次直を構えた小籐次に敵うはずもない。

匕首を持つ手首が打たれ、次直の柄頭《つかがしら》が華の鳩尾《みぞおち》に突っ込まれて妹も崩れ落ちた。

この騒ぎを久慈屋の塀の内側にて待ち受けていた手代の国三が、

「赤目様、もう戸を開けてようございますか」

と声をかけた。

「おお」

と小籐次の声がして、戸が開かれた。国三には小籐次が留守にする夜は必ず不寝番をなせと命じていた。

「もうひと騒ぎかのう」

と呟いた小籐次が、

「国三さんや、女をな、敷地に引っ張り込んで、その忍び返しに引っかけてある縄でふん縛ってくれぬか」

と命じた。

「承知しました」

国三が華を敷地の中に引きずり込もうとして小籐次に視線を向け、

「赤目様の代わりだと、空蔵さんが店で不寝番をしておりますよ」

「わしは許しを与えた覚えはないぞ」

「致し方ありませんよ。酔いどれ様とほら蔵さんの間柄ですからね、それに勝五郎さんの稼ぎにもなる話です」

と国三が笑い、華の体を引っ張り込んだ。それを確かめた小籐次は、鳥刺の刃を竹竿に引き込み、それを塀に立てかけると兄の体を、
ひょい
と肩に担ぎ上げ、竹竿を片手に、

「国三さんや、裏戸をしっかりと戸締りなされ」

「赤目様はどちらに」

「店の表にこやつらの仲間が待ちくたびれておろう」

と言い残すとすたすたと雪の中、久慈屋の表へと回って行った。そして久慈屋の船着場で待ち受けていた鳥刺の丹蔵一味に向かって、

「待たせたな」

と声をかけた。

屋根船からぞろぞろと一味がそれぞれ得物を持って姿を見せた。

一味が河岸道に上がってみると久慈屋の頑丈な表戸は閉じられていて、その前で小柄な人影が肩に誰かを担いで立っていた。

降りしきる雪のせいで視界が利かない鳥刺の丹蔵は、小籐次を娘に扮した甥と間違えたか、

「丈之助、肩に担いだのは何奴か」

と質した。

「鳥刺の丹蔵、こやつ、弟の時次郎の倅じゃそうな」

「なにっ、何奴か」

「顔を知らんでも名は承知であろう。赤目小籐次、またの名は酔いどれ小籐次よ」

「なんとそなた長屋で寝込んでおるのではなかったか」

「策を弄する者は策にひっかかり易いでな」

と言った小籐次が雪の積もった河岸道に、
どさり
と肩から兄を投げ落とした。

「許せぬ、赤目小籐次を叩き斬っていったん退却じゃ」

と鳥刺の丹蔵が喚いたとき、河岸道や芝口橋の表通りに一斉に御用提灯が掲げられ、その中におしんの姿があった。そして、

「杉宮の辰麿こと鳥刺の丹蔵、南町奉行筒井政憲である。わが南町の足元で押込み強盗を繰り返すなど許さぬ」

と出役姿の南町奉行の凛然《りんぜん》とした声が響きわたり、一瞬にして捕物は決することになった。

三

未明に新兵衛長屋に戻った小籐次は、勝五郎といっしょにいささか早いが町内

の加賀湯に行き、格別にまだ温《ぬる》めの湯に浸からせてもらった。すでにこの界隈には久慈屋に押込み強盗が入り込もうとして、赤目小籐次や南町奉行所の面々に全員が捕縛されていたことは知られていたから、湯屋の始まる刻限前に入らせてもらうことができたのだ。

空蔵は、鳥刺の丹蔵一味の捕物に際して酔いどれ小籐次の大立ち回りがなかったことを残念がりながらも、なんとか小籐次を絡ませた騒ぎを読み物にするために、急ぎ読売屋に戻った。となると一刻か一刻半後には認めたばかりの捕物騒ぎの原稿を持って勝五郎のもとへ姿を見せよう。

小籐次は急ぎぬるま湯の湯船に入って、この冬初めての雪で冷え切った体をじっくりと温めた。

小籐次と勝五郎の二人はしばらく言葉も交わすことなくただ両眼を閉じて湯に浸かっていたが、四半刻が過ぎたころ、湯がいい加減に沸いてきた。

ふっ、と息を吐いた小籐次に勝五郎が、

「ご苦労だったな」

と声をかけ、

「わしはさして働きはしておらぬ」

と小籐次は応じた。

「いや、その場に酔いどれ小籐次がいたかいないか、それだけで読売の売れ行きが違うというでな。今ごろほら蔵が知恵を絞って、派手な読み物をでっち上げているぜ」

「となると勝五郎さんはこれからが多忙じゃな」

「これがおれの仕事だ、致し方ないよ。酔いどれ様、茶碗酒を一、二杯飲んで眠るんだな」

「そうさせてもらおう」

「南町も大騒ぎじゃねえか」

「まあ、鳥刺の丹蔵と、弟の時次郎の倅と娘の二代の悪行を調べるのに大忙しだろうな。上州、野州で繰り返した余罪がいくらもある。空蔵がうまく南町から一味の悪事を探り出せば、二、三度は読売に書けよう」

と応じた小籐次と勝五郎は湯船から上がった。

新兵衛長屋に戻ってみると明け六つ（午前六時）過ぎの刻限だ。

「酔いどれ様よ、うちのが飲み残した貧乏徳利の酒を飲んで少しでも寝るんだね」

勝五郎の女房のおきみが貧乏徳利を提げて迎えてくれた。

部屋には火鉢に炭が入り、五徳に鉄瓶までかかって湯気を上げていた。

「おきみさんや、亭主の酒を一杯もらおう。体が温かいうちに寝床に潜り込んで少しばかり眠る」

「それがいいよ。おお、そうだ。久慈屋からね、大番頭さんが見えて、湯屋に行っていると言ったら、今日はのんびりとお休みなされ。店に顔出しできる折に立ち寄って下されと言い残していったよ」

と告げた。

「久慈屋とて未明の騒ぎでよく寝ておるまい」

と応じた小籐次は勝五郎に、

「一杯茶碗酒をつき合わぬか。そなたも少しでも体を休めておいたほうがよくはないか」

と誘いかけた。

「そうだな、空蔵の仕事はもう少し時がかかろうからな」

勝五郎はうれし気に誘いに応じて小籐次の部屋で一杯ずつ茶碗酒を飲み合い、隣りへと戻っていった。

その折、雪はすでに止んでいた。

小籐次は湯で温まった体に茶碗酒を飲んで、よい気分で寝床に潜り込んだ。次の瞬間には鼾をかきながら眠り込んでいた。

どれほどの刻限が過ぎたか。

そっと小籐次の部屋の戸が引き開けられ、

「寝てやがるな。致し方ないな、今回は酔いどれ様の検めなしでの読み物だ」

と呟いた空蔵が勝五郎のところへ戻っていった気配があった。

小籐次はふたたび眠りに就いた。

「父上」

こんどは駿太郎の声がして、小籐次は目覚めた。

「駿太郎か、何刻か」

「九つに近いです」

「なに、昼まで眠り込んだか」

「勝五郎さんもひと仕事してまた眠っておられます」

「そなた、一人できたか」

「いえ、お鈴さんといっしょに来ました。お鈴さんは久慈屋さんにいます」

「よかろう。久慈屋で少しだけでも仕事を致そうか」

小籐次は途中になった蛤町裏河岸の得意先を気にしながらも身支度をして長屋を出た。

降り積もった雪に陽射しがあたりきらきらと眩しく光っていた。さすがに新兵衛は庭先の「研ぎ場」を設けてはいなかった。

女衆が寒そうに井戸端で昼餉の仕度をしていた。

「おきみさん、お陰様でよう眠った」

「鼾が聞こえていたよ」

「迷惑をかけたな」

「鼾くらいなんでもないよ、うちに仕事が舞い込んだんだからね」

とおきみが応じて、

「わしも仕事をせんとな、一家が干上がる」

と言い残して堀留に止めた小舟に乗り込んだ。

駿太郎が石垣に竿をついて、堀留から久慈屋へと小舟を向けた。

「父上、久慈屋に押込み強盗が入り込もうとしたんだそうですね」

「鳥刺の丹蔵とやらも何年も前の弟の仇を討とうなどと考え、江戸へ出てきたのが間違いであったな」

とだけ小籐次は答えた。

御堀に出ると両岸には雪が残り、冬の陽射しが反射して小籐次の目を射た。

「おお、赤目様、昨夜はご苦労でしたな」

久慈屋の荷運び頭の喜多造が小籐次を迎えてくれた。

「わしはさほどのことはしておらぬ。南町奉行の筒井様自らのご出馬じゃ。こたびの一番の働きは南町奉行所のご一統だな」

と答えた小籐次が河岸道へ上がると、なんと赤目小籐次と駿太郎の人形が研ぎ場に置かれてあった。その傍らに国三が控え、

「ああ、ほんものの親子の登場だ。酔いどれ人形様は蔵にお移り願います」

と言った。

「また人形を出したか」

「朝から『赤目小籐次様はどうした、駿太郎さんはどこにおる』と芝口橋を往来する人々がうるさいくらい問い合わせていかれるのですよ」

「それで人形の出番と相なったか」

「大番頭さんが台所でお待ちです。朝餉も食さずお休みになったそうですね」

と国三がいい、赤目父子を久慈屋の台所に送り込んだ。

台所ではお鈴がまるで久慈屋の奉公人の一人にでもなったかのように小籐次と駿太郎父子の膳を揃えていて、すでに大黒柱を背にした観右衛門が昼餉の膳を前に小籐次を待ち受けていた。

「ご苦労でございましたな」

とここでも労《ねぎら》いの言葉を掛けられた。

「大番頭どの、国三さんに寒い思いをさせたばかりで、わしはさほどの働きはしておらぬでな」

と小籐次が答えた。するとお鈴があつあつのうどんと佃島の漁師めしの丼を運んできた。

「お鈴さんか、ご苦労じゃな。頂戴しよう、朝湯に入って寝たらえらく腹が空いたわ」

小籐次は台所の女衆おまつらに、

「ご馳走になりますぞ」

と礼を述べて具だくさんのうどんを啜り込み、

「美味い」

と言った。

その様子を観右衛門が満足げに見ていた。

昼餉のあと、小籐次と駿太郎は下げられた人形に代わり、研ぎ場に座って仕事を始めた。そうなると芝口橋を往来する人々のことも小籐次に声をかけていく人のことも気にすることなく無心に研ぎに集中した。

研ぎ仕事を始めてどれほどの時が過ぎたか、芝口橋に人だかりができて一斉にその人々の視線が小籐次と駿太郎父子に集まったのが分かった。そして、空蔵の声が追いかけてきた。

「芝口橋を往来の皆々様、文政八年も残り少なくなりましたな」

「ほら蔵、なに呆けたことを抜かしているんだよ。大晦日《おおつごもり》まで未だ二月近くはらあ。おれたちはこれからが稼ぎどきなんだよ」

と職人風の男が空蔵に突っ込みを入れ、

「日銭稼ぎは年の瀬が迫ると忙しいいか」

と空蔵が質した。

「おうさ、ほら蔵、物知りのおめえさんにいうのもなんだが、蔵に千両箱が積まれている分限者は別にして、おれたちみたいに宵越しの銭を持たない貧乏人はよ、歳月だけが頼りなんだよ」

「金春屋敷裏の貧乏長屋の住人、猪三郎さんよ、よういうた。うちにもおめえさんちにも千両箱のとっておきはねえな」

「念には及ばねえ、千両箱どころか一朱の持ち合わせもねえ」

「ところがあるところには包金《つつみがね》が山と積んである。南町奉行所のお調べではっきりしたことだが、上州例幣使街道生まれの杉宮の辰麿こと、鳥刺の丹蔵一味がなんとまあ、赤目小籐次様と昵懇の、ほら、皆様方の眼の前の紙問屋久慈屋に押し込もうと、総勢十と七人が本未明にこの芝口橋下に船をつけたと思いねえ」

「おお、野郎どもは山王町の畳屋古木屋の隠居所を襲ったんだったね、隠居の与四郎さん夫婦と女衆の三人を無情にも殺しやがった」

「おうさ、そこな、兄さん。そればかりじゃございませんよ、弥左衛門町横丁の老舗、古筆屋藪小路藤兵衛方にも押し入り、主の藤兵衛さんを筆頭に家内奉公人の九人を殺めた連中だ」

「おい、空蔵さん、こたびの押込み強盗鳥刺の丹蔵はなぜこの界隈ばかり狙うんだよ。昨晩は、いや、本未明は久慈屋さんを狙ったというじゃないか」

「そこだ、肝心なところはよ。なぜ鳥刺の丹蔵がこの広い江戸八百八町でよ、芝口橋の北ばかりを狙ったか、どう思うね、蠟燭屋のご隠居さんよ」

「そんなことが分かるくらいなら読売屋は要りませんよ」

「全くだ、ご隠居」

「この杉宮の辰麿こと鳥刺の丹蔵には、同業の弟がいてな、博奕《ばくち》が過ぎて無宿者になった鳥刺の時次郎だ。こやつが江戸で押込みを働き、南町奉行所の手に捕まって死罪を言い渡されたんだよ。六年も前のことだ。そこで兄貴の丹蔵は、弟の仇とばかり南町のお膝元のこの界隈で押込み強盗を働いてよ、南町奉行所の面目を潰そうと企てたんだな。ここんところ在所は凶作つづきで景気がよくねえや、どうやら丹蔵は、弟の仇とは別に、公儀に対して不満を抱えていたという話だ。まあ、押込み強盗が捕まった折に言い訳する政《まつりごと》への不満というやつよ」

「鳥刺って職が在所にございますので」

　と合いの手を入れたのは通りがかりのお店の手代風の男だった。

「江戸の町中にはまずいないな。ただし小鳥屋はあるな、こんな小鳥屋でな、美声の鶯なんぞは高値で取引されるんだよ。この鶯なんぞを在所の山でカスミ網や鳥もちを先につけた竹で捕まえるのが鳥刺だ。だがな、この鳥刺の丹蔵と時次郎の兄弟は、変わった手法で鳥を捕まえるそうだ。竹棒の先に細い錐《きり》のようなものをつけてな、小鳥の羽を刺す名人で、この秘伝の技を押込み強盗の殺しに使って、古木屋の隠居や古筆屋の旦那を刺し殺したんだよ」

と本日は珍しく客を相手に長口舌をなした空蔵の持つ竹棒が、くるりと回されて、

「さあて、お立ち合い、あの研ぎ屋の酔いどれ小籐次様がこたびの押込み強盗をどう久慈屋に誘《おび》き寄せて、南町奉行筒井様直々の出役に、われらが酔いどれ様がどのような役目を果たしたか、この読売にすべて書いておる。天下の赤目小籐次様の活躍が載った読売がたったの五文だ」

「おい、ほら蔵、いつもは四文じゃないか」

「本日は久しぶりの酔いどれ小籐次ネタだ、一文くらいご祝儀につけてくんな、宵越しの銭もない兄さんよ」

「致し方ねえや、二枚くんな。おれの出入りの得意先の隠居がよ、酔いどれ小籐次様が大好きでな、先日よ、ちょっとした失敗《しくじり》を犯してな、ただ今出入り禁止の身だ。この読売でさ、なんとか機嫌を直してもらいたいからよ」

「たった十文で出入り禁止を解いてもらおうってか、なんとも厚かましいな。ま

あ、いいや、酔いどれ小籐次様は他人様をお助けすることが道楽だ。さあ、もっていけ、巾着のなかの最後の十文を吐き出しねえ」

「よしきた」

と最初に二枚が売れて、たちまち空蔵が腕に抱えていた読売の束は売りつくされた。

芝口橋の往来の人の流れが戻ってきた。

橋の袂でお鈴が、初めて見る読売屋の空蔵の口調と商いに言葉を失っていた。

「どう、お鈴さん、これが江戸の商いよ」

いつの間に傍らにいたのか、おやえがお鈴に話しかけた。

「篠山にはありません」

「空蔵さんみたいな人がいないの、それとも読売屋とか瓦版屋とか、そんな商いがないの」

「両方、見たことも聞いたこともありません」

とお鈴が答えるところに商いを終えた空蔵が近付いてきて、

「おやえさん、久慈屋用の読売だ」

と五枚ほど渡した。

「二十五文は大番頭さんから受け取ってね」

おやえの返事に、

「久慈屋さんからお足が受け取れるものか。それにさ、どうも酔いどれ様の機嫌が悪そうだ。おりゃ、次の売り場でひと商いだ」

と小籐次の研ぎ仕事を覗いた空蔵が、久慈屋にも寄らず日本橋のほうへと去っていった。

「不思議な商いだわ」

「公事などで江戸に出てきた在所の人は読売を土産にするわよ。それもなんといっても赤目小籐次様のことが書いてある読売が人気なの」

「私、江戸に出てきて驚いてばかりです。赤目様ってすごいお方なんですね」

「と、思う。あの研ぎ屋姿を見た人は、まずあのお方が赤目様とは信じないわね」

おやえとお鈴が振り向くと、研ぎ場から小籐次と駿太郎の姿が消えていた。

「あら、お茶の刻限かしら」

とおやえがお鈴といっしょに久慈屋に戻ると、

「おしんさんが見えていますよ、お鈴さん」

と国三が教えてくれた。

おしんは小籐次と観右衛門と久慈屋の台所で茶を喫しながら話していた。駿太郎はおまつから蒸かし芋を貰って食していた。

おやえは、おしんの用件はすでに終わったのかと三人の表情を見て察した。そこで、

「皆さん、空蔵さんの読売ですよ」

と三人に差し出した。

受け取ったのはおしんと観右衛門だけだ。

「あら、赤目様は要らないの」

「なにが書いてあろうと、空蔵の口上以上の話は出てきまい」

小籐次がだれとはなしにぼそりと呟き、

「そう仰《おつしや》いますな。未明の騒ぎの経緯《いきさつ》を殿にご報告致しました。その折、殿は杉宮の辰麿こと鳥刺の丹蔵一味が捕縛されたことを非常に喜んでおられました。おそらく登城の折に上様にお話ししておられるのではございますまいか」

とおしんが言い、

「この読売は明日上様への土産にして頂きます」

と大事そうに襟元に仕舞い込み、代わりに一通の文を出した。そしてお鈴に視線をやりながら、

「お鈴、すっかり江戸の暮らしに馴染んでいるようね」

「おしん従姉、この江戸には篠山にないものばかりで、驚きの毎日です」

「当分篠山に戻る気はないの」

「ありません」

とはっきりとお鈴が答えた。

「弱ったわね、お鈴の親父様から松の内までには篠山に戻ってこような、と私の下に催促の文が届いていますよ。あなた宛ての文もよ」

と渡した。

「おしんさん、お鈴さんを一人で篠山まで帰す気ですか」

と駿太郎が聞いた。

「お鈴一人では無理ね。駿太郎さんが同行してくれる」

「私は父上の研ぎ仕事を手伝わねばなりません。それに母上が『鼠草紙』を描き上げる手伝いをお鈴さんがしてくれることになっています。桜が咲くころまでお鈴さんは望外川荘で過ごすことになると思います」

と駿太郎の言葉にお鈴がにっこりして、

「おしん従姉、親父様に駿太郎さんが言われたような文を書いて下さい」

と言い返した。

四

いつの間にか月日が流れ、師走を迎えて文政八年も残り少なくなっていた。芝口橋には伊勢暦《ごよみ》を手にした御師《おんし》が姿を見せ、餅つきの音がどこからともなく聞こえてきた。

この日、小籐次一家三人とお鈴は、小舟に乗って望外川荘の船着場を離れた。見送りのお梅が、

「行ってらっしゃい」

と声をかけ、クロスケとシロが、

「わんわんわん」

と吠えて見送ってくれた。

師走の中日を過ぎて雪が降った。

隅田川の両岸の降り積もった雪もほとんど解け、すみ切った青空に白い雲が数片浮かんでいた。

今日も櫓を漕ぐのは駿太郎だ。

「篠山の正月はどんな風なのかしら」

おりょうがお鈴に尋ねた。

「私が知るかぎり正月に殿様が篠山におられたことはありません。ですから、城代家老様以下篠山の藩士すべてがそれぞれ身分に合わせて威儀を正し、町人は名主格が黒紋付羽織袴でお城に上がって、正月の挨拶をしかめ面して交わすだけです、面白いことなどなにもございません」

お鈴が答えて、

「江戸の三が日はどんな風なのですか」

とだれにとはなしに聞いた。

「徳川一門や譜代大名方が元日の朝の六つ半（午前七時）に登城なされますよ」

とおりょうが答えた。

お鈴はすっかり小籐次一家と打ち解けていた。

「えっ、六つ半ですか、早朝なのですね」

「なにしろ御三家、御三卿、徳川一門の諸家、譜代大名、縁故のある外様大名というても数が多いからな。元旦の御礼登城に加わらぬ外様大名の藩士方が武鑑を手にして、『あれは水戸様の御行列』とか、『小田原藩大久保様のご一行じゃ』と集まってな、賑やかじゃぞ。二日となると御三家、御三卿の嫡子、さらには国持大名など、三日は無位無官の大名、寄合の旗本、江戸町年寄が参上して、年始の御礼をなすのじゃ。ゆえに正月三が日、武家方は多忙じゃな」

と小籐次が答え、

「お鈴さん、お店は大晦日まで忙しいですよ。溜まっているカケを集金に回るお店の番頭さんや手代さんが出入り先を訪ねるのですが、カケが払えない裏長屋の住人は大晦日の九つの鐘がなるまで借金とりから逃げ回るので大変です。カケとりに回るお店の奉公人と逃げ回る人々の駆け引きは九つまで続きます」

と駿太郎が言い足した。

「あら、九つの鐘が鳴ったらどうなるの」

「除夜の鐘がなったらカケとりの番頭さん方はお店に戻り、借金は新年に持ち越しです、それが江戸の習わしです。だから、江戸のお店は大晦日の夜は遅くまで起きているので正月元日はお休みです。一方、父上が言われるように正月三が日に総登城する武家方は忙しいのです」

駿太郎が櫓をゆったりと流れに合わせて漕ぎながらお鈴に説明した。

「篠山とはだいぶ違うわね」

とお鈴が洩らした。

「お鈴さん、正月の二日になると問屋は船や大八車を飾り立て初荷を載せて得意先廻り、小売りのお店では初売りをします。初売りを買う人々で江戸じゅうが祭みたいになりますよ」

「見てみたいわ」

「お鈴さんは江戸にいるのです。見られますよ」

駿太郎が約束した。

しばし小舟の上に沈黙があって、

「おまえ様、今年もあれこれとございましたね」

とおりょうが感慨深げに言い出した。

「あったな。わしは久慈屋の先代、ただ今のご隠居の五十六様の供で伊勢参りに行ったな、また秋にはわれら一家、丹波篠山に旅をした。一年に二度も長旅をしたことになるか」

と小籐次が懐かし気に言った。お伊勢参りの旅が何年も前のことのように小籐次には思えたからだ。

「父上のお伊勢参りのおかげでシロがうちの犬になり、三吉さんと知り合いになりましたよ」

「おお、そうじゃったな」

「夏には病で寝込んでいた花火造りの名人の俊吉さんを手伝い、両国で花火を打ち上げましたよね」

「えっ、あの話って真のことなの」

とお鈴が質した。

「その花火を上様もお城からご覧になったそうです、お鈴さん」

「公方様も花火を見物なさったの」

「大川にはたくさんの船が浮かんで、両岸や橋の上は身動きできないほどの見物客であふれておりました」

「篠山で夜空に打ち上げる花火なんて見たことないわ」

とお鈴はなんでも篠山を引き合いに出して驚き、

「花火名人の俊吉さんはどうなったの、駿太郎さん」

と尋ねた。

「綺麗な花火を造る技を息子の華吉さんや仲間たちに伝えて、華吉さんが造った花火を見ながらお亡くなりになりました。そうですよね、父上」

駿太郎は病で寝込んでいた花火名人の俊吉が命を賭して花火を造り、打ち上げた経緯をお鈴にこと細かに告げた。

「おお、駿太郎のいうとおりじゃ。俊吉さんはよう頑張った。もはや俊吉さんの花火は次の世代には受け継がれないのかと一時は思ったがな、俊吉さんが命を張って伝えたたな」

と小籐次が感慨深く思い出し、

「俊吉さんが病床から起き上がり最後の力を振り絞ったのもおまえ様の助けがあればこそのことでした」

とおりょうも口を揃えた。

一家三人の思い出す話を聞いていたお鈴が、

「赤目小籐次様は、江戸のどなたにも敬われているのですね、江戸へごいっしょさせてもらい、よく分かりました」

と改めて感心した。そして、

「おまえ様、本日は篠山の旅仕舞です」

「いかにもさよう」

と夫婦が言い合った。


江戸の内海に出た小舟の櫓を握る駿太郎を小籐次が助けて、新堀川河口から芝金杉町に小舟を着けた。

この界隈に十寺ほどが集まった寺町があって、駿太郎の実父須藤平八郎と実母お英の眠る江戸の墓所があった。

小舟を舫い、最後に下りた駿太郎の手には角樽《つのだる》が提げられていた。

小籐次一家と付き合いのある須崎村の弘福寺の瑞願和尚も、この芝金杉町の池上本門寺末寺清心寺の和尚も大の酒好きなのだが檀家が少なく、いつも酒代に困っていた。ゆえに墓参りに行くときは和尚へ酒を持っていくのが小籐次一家の習わしになっていた。

おりょうは線香を持ち、お鈴は白と黄色の菊の花を手にしていた。

「父上、わが父の須藤平八郎様はお酒が好きだったのでしょうか」

駿太郎が不意に尋ねた。

「なに、そなたの父御が酒を好まれたかどうかと聞くのか」

背に負った赤子の駿太郎を下ろし、刺客の務めを果たそうとした須藤平八郎が剣術家としての尋常勝負を乞うた上に、

「それがしが死に至ったときには、駿太郎のこと、赤目小籐次どのに託したい」

と願った折のことを小籐次は思い出していた。

「それがしと須藤平八郎どのとは一期一会の縁であった。駿太郎の父親の須藤どのが酒を飲まれたかどうかも知らずに刃を交えたのだ」

駿太郎が頷き、小籐次が言い添えた。

「われら、篠山で須藤平八郎どのと小出お英様の面影を探し求めて隣藩柏原まで訪ねたが、須藤どのが酒を飲まれたかどうか気にしたことはなかったな」

「おまえ様、駿太郎、須藤様はお酒を飲まれたとしても嗜《たしな》むていどの酒飲みだったのではございませんか。篠山から赤子の駿太郎を負い、江戸へと出てきたのです。とてもお酒を飲む余裕などあったとは思えません」

おりょうが推量を交えて考えを述べた。

歩きながらしばし一同の間に沈黙の時が流れた。

四人それぞれが須藤平八郎とお英のことを考えていた。

小籐次がぽつんと呟いた。

「生前、さような機会があらば、一度でよいから須藤平八郎どのと酒を酌み交わしたかったな」

小籐次の詮ない呟きを嚙みしめていた駿太郎が、

「父上、お墓の前で酒盛りをなされたらどうです。あちらに居られる父上も母上も喜ばれましょう」

と提案した。

「ほう、墓前で須藤どのと酒を酌み交わすか。駿太郎、それはよい考えじゃぞ。まあ、高村宋瑛《そうえい》和尚だけを喜ばすこともあるまいでな」

清心寺の傾きかけた山門前に中田新八とおしんの二人が待っていた。

小籐次は二人を誘っていたのだ。

新八とおしんが国許篠山を御用で訪ねると知った小籐次は、駿太郎の実母のお英の墓探しを二人に依頼していた。その結果、お英の墓があることを知らされ、先の小籐次一家の篠山行が決まったのだ。

「待たせたかな」

「いえ、われらもつい最前参ったところです」

と新八が答えた。

おしんが従妹のお鈴に、

「すっかり赤目家の身内になったわね」

と声をかけると、お鈴は、

「おしん従姉、私、篠山のお城の行儀見習いから江戸の赤目様の家でのご奉公に変えることにしました」

と冗談とも思えない口調で応じた。

「おやおや、篠山の両親が嘆くわよ」

「おしん従姉、江戸の正月が待ち遠しいです」

と話し合う従姉妹同士をおりょうと駿太郎がにこにこと笑って見ていた。すると新八が、

「赤目様、もうおひと方、お待ちですよ」

と言い出した。

「おや、どなたかな」

「久慈屋の大番頭の観右衛門さんですよ」

「なに、大番頭どのも見えたか。賑やかな供養になるな」

清心寺の本堂の前に観右衛門がこちらも角樽を提げて立っていた。

この寺の墓地に須藤平八郎とお英の墓所を密かに買い求めたのは久慈屋だ。すべて手続きは観右衛門がなしたから、和尚が酒好きなことも寺の懐具合もとくと承知していた。

「大番頭どの、和尚と会われたかな」

と聞いた小籐次に、

「ただ今袈裟に着替えておられますよ、本日は墓参りにはよいお日和です、赤目様」

と観右衛門が答えた。

大きく頷いた小籐次が、

「駿太郎、庫裡《くり》に参り、茶碗を借りてまいれ。われらは墓所の前で待っておるでな」

と命じた。

駿太郎が角樽を小籐次に渡して庫裡に走っていった。

須藤平八郎とお英の墓に夏から秋にかけて咲き誇るのうぜんかずらは、蔓《つる》だけを残して寂し気だった。

おしんとお鈴の従姉妹が、自然石に「縁」と駿太郎が刻んだ墓の前で立ち止まり、墓石を凝視していた。

「この字を駿太郎さんが刻んだのですか」

お鈴がおりょうに聞いた。

「墓石屋さんに教わりながら刻んだのですよ」

おりょうの返事を聞いたお鈴が、じいっと自然石の墓石を見て、

「これ以上のお墓はありませんね。須藤様とお英様はこの世では不運な最期を迎えられたかもしれません。でも、あの世から駿太郎さんの成長をご覧になって幸せに感じておられます」

と言い切った。

その場の一同が静かにお鈴の言葉に頷いた。

「待たせたか」

袈裟姿の宋瑛和尚が姿を見せ、そのあとから駿太郎が茶碗をお盆に載せて運んできた。

「今朝な、掃除をしておいたで、早速読経を致そうか」

和尚が墓石の前に立った。

「和尚、そなたの読経じゃがのう、いつもより少しばかり長めにしてくれぬか。あの世の二人に篠山の話を伝えねばならんでのう」

「あちらでも墓参りをしたそうだな、駿太郎さんに聞いた。よかろう、本日は格別に長々と経を読むでな、覚悟せよ」

「われらの篠山行の旅仕舞じゃ、そう気張らんでもよい。いつもよりほんの少しばかりな、長いくらいでよいわ」

小籐次が注文をつけながら角樽を墓の前に置き、観右衛門も真似た。さらにお鈴が菊の花を捧げ、おりょうが線香に火を点して手向け、全員が倣った。

小籐次一家三人に中田新八、おしん、観右衛門にお鈴の七人が墓前に並んで合掌し、宋瑛和尚は読経を始めた。

駿太郎は瞑目して経を聞きながら実父の須藤平八郎と実母のお英に篠山で見聞したことを細々と報告した。そして、生みの両親と育ての父母の二組が縁あってこの場に会しているさだめを駿太郎はしみじみと感じていた。

駿太郎が合掌を解き、両眼を開けたとき、和尚の読経は終わっていた。

「和尚、墓前で須藤どのとお英様と初めて酒を酌み交わしたいが、よかろうか」

「酔いどれ様よ、墓前で酒を酌み交わすとな、愚僧にはなんの不都合もないな」

とにんまりと笑った。

角樽の栓が開けられ、茶碗が各自にいきわたり、駿太郎が酒を注いで回った。

そして、最後に墓の前に置かれた二つの茶碗にも酒を注いだ。

「駿太郎、そなたほど幸せな者はこの世におるまい。こうして生みの両親と育ての父母が墓前で会しておるのじゃからな。そなたを酔いどれ様に預けた須藤平八郎様を偲んで、どこのだれが丹波篠山まで墓参りに行くな」

と宋瑛和尚が言い、駿太郎が、

「はい、駿太郎は幸せ者です」

と素直な気持ちを告げた。

「酔いどれ様、頂戴致す」

墓所の前の現世の者たちが茶碗酒に口をつけた。

小籐次は酒を舐めるように飲みながら、

(須藤平八郎どの、駿太郎にいわれて気付いたわ。そなたと生前、酒を汲み交わすことができたらな、どれほどよかったか)

と胸中に洩らした。すると、

(赤目小籐次どの、それがしの判断、間違いではございませんでしたな。ようも

駿太郎を立派に育ててくれました。われら、そなた様一家の篠山行の諸々とくと承知です）

と小籐次の胸に須藤平八郎の言葉が響き、

（赤目様、お英でございます。小出家の家系を残して頂いたこと、感謝の言葉もございません。愚かな母をお許し下さい）

とお英の言葉が聞こえた。

師走の一日、墓前で酒を含む一同の胸に期せずしてほのぼのとした気持ちが生じていた。

小籐次一家の篠山行の旅仕舞であった。

この作品は文春文庫のために書き下ろされたものです。

文春文庫

旅《たび》仕《じ》舞《まい》

新《しん》・酔《よ》いどれ小籐次《ことうじ》（十四）

定価はカバーに
表示してあります

2019年7月10日　第1刷

著　者　佐伯泰英《さえきやすひで》
発行者　花田朋子
発行所　株式会社 文藝春秋

東京都千代田区紀尾井町 3-23　〒102-8008
TEL 03・3265・1211㈹
文藝春秋ホームページ　http://www.bunshun.co.jp

落丁、乱丁本は、お手数ですが小社製作部宛お送り下さい。送料小社負担でお取替致します。

印刷・凸版印刷　製本・加藤製本
Printed in Japan
ISBN978-4-16-791306-9

酔いどれ小籐次

各シリーズ好評発売中！

新・酔いどれ小籐次

①神隠《かみかく》し
②願《がん》かけ
③桜吹雪《はなふぶき》
④姉《あね》と弟《おとうと》
⑤柳《やなぎ》に風《かぜ》
⑥らくだ
⑦大晦《おおつごも》り

⑧夢三夜《ゆめさんや》
⑨船参宮《ふなさんぐう》
⑩げんげ
⑪椿落《つばきお》つ
⑫夏《なつ》の雪《ゆき》
⑬鼠草紙《ねずみのそうし》
⑭旅仕舞《たびじまい》

酔いどれ小籐次〈決定版〉

①御鑓拝借《おやりはいしゃく》
②意地《いじ》に候《そうろう》
③寄残花恋《のこりはなよするこい》
④一首千両《ひとくびせんりょう》
⑤孫六兼元《まごろくかねもと》
⑥騒乱前夜《そうらんぜんや》
⑦子育《こそだ》て侍《ざむらい》
⑧竜笛嫋々《りゅうてきじょうじょう》
⑨春雷道中《しゅんらいどうちゅう》
⑩薫風鯉幟《くんぷうこいのぼり》

⑪偽小籐次《にせことうじ》
⑫杜若艶姿《とじゃくあですがた》
⑬野分一過《のわきいっか》
⑭冬日淡々《ふゆびたんたん》
⑮新春歌会《しんしゅんうたかい》
⑯旧主再会《きゅうしゅさいかい》
⑰祝言日和《しゅうげんびより》
⑱政宗遺訓《まさむねいくん》
⑲状箱騒動《じょうばこそうどう》

【シリーズ完結】

小籐次青春抄

品川《しながわ》の騒《さわ》ぎ・野鍛冶《のかじ》

居眠り磐音

友を討ったことをきっかけに江戸で浪人暮らしの坂崎磐音。隠しきれない育ちのよさとお人好しな性格で下町に馴染む一方、〝居眠り剣法〟で次々と襲いかかる試練と敵に立ち向かう！

※白抜き数字は続刊

居眠り磐音〈決定版〉 順次刊行中！

① 陽炎ノ辻《かげろうのつじ》
② 寒雷ノ坂《かんらいのさか》
③ 花芒ノ海《はなすすきのうみ》
④ 雪華ノ里《せっかのさと》
⑤ 龍天ノ門《りゅうてんのもん》
⑥ 雨降ノ山《あふりのやま》
⑦ 狐火ノ杜《きつねびのもり》
⑧ 朔風ノ岸《さくふうのきし》
⑨ 遠霞ノ峠《えんかのとうげ》
⑩ 朝虹ノ島《あさにじのしま》
⑪ 無月ノ橋《むげつのはし》
⑫ 探梅ノ家《たんばいのいえ》
⑬ 残花ノ庭《ざんかのにわ》
⑭ 夏燕ノ道《なつつばめのみち》
⑮ 驟雨ノ町《しゅううのまち》

⑯ 螢火ノ宿《ほたるびのしゅく》
⑰ 紅椿ノ谷《べにつばきのたに》
⑱ 捨雛ノ川《すてびなのかわ》
⑲ 梅雨ノ蝶《ばいうのちょう》
⑳ 野分ノ灘《のわきのなだ》
㉑ 鯖雲ノ城《さばぐものしろ》
㉒ 荒海ノ津《あらうみのつ》
㉓ 万両ノ雪《まんりょうのゆき》
㉔ 朧夜ノ桜《ろうやのさくら》
㉕ 白桐ノ夢《しろぎりのゆめ》
㉖ 紅花ノ邨《べにばなのむら》
㉗ 石榴ノ蠅《ざくろのはえ》
㉘ 照葉ノ露《てりはのつゆ》
㉙ 冬桜ノ雀《ふゆざくらのすずめ》
㉚ 侘助ノ白《わびすけのしろ》
㉛ 更衣ノ鷹《きさらぎのたか》 上
㉜ 更衣ノ鷹《きさらぎのたか》 下
㉝ 孤愁ノ春《こしゅうのはる》
㉞ 尾張ノ夏《おわりのなつ》
㉟ 姥捨ノ郷《うばすてのさと》
㊱ 紀伊ノ変《きいのへん》
㊲ 一矢ノ秋《いっしのとき》
㊳ 東雲ノ空《しののめのそら》
㊴ 秋思ノ人《しゅうしのひと》
㊵ 春霞ノ乱《はるがすみのらん》
㊶ 散華ノ刻《さんげのとき》
㊷ 木槿ノ賦《むくげのふ》
㊸ 徒然ノ冬《つれづれのふゆ》
㊹ 湯島ノ罠《ゆしまのわな》
㊺ 空蟬ノ念《うつせみのねん》
㊻ 弓張ノ月《ゆみはりのつき》
㊼ 失意ノ方《しついのかた》
㊽ 白鶴ノ紅《はっかくのくれない》
㊾ 意次ノ妄《おきつぐのもう》
㊿ 竹屋ノ渡《たけやのわたし》
51 旅立ノ朝《たびだちのあした》

書き下ろし〈外伝〉

① 奈緒と磐音《なおといわね》
② 武士の賦《もののふのふ》

（　）内は解説者。品切の節はご容赦下さい。

稲葉　稔
やれやれ徳右衛門
幕府役人事情
色香に溺れ、ワケありの女をかくまってしまった部下の窮地を救えるか？　役人として男として、答えを要求されるマイホーム侍・徳右衛門。果たして彼は〝最大の敵〟を倒せるのか。
い-91-3

稲葉　稔
疑わしき男
幕府役人事情　浜野徳右衛門
与力・津野惣十郎に絡まれた徳右衛門。しまいには果たし合いを申し込まれる。困り果てていたところに起こった人殺し事件。徒目付の嫌疑は徳右衛門に——。危うし、マイホーム侍！
い-91-4

稲葉　稔
五つの証文
幕府役人事情　浜野徳右衛門
従兄の山崎芳則が札差の大番頭殺しの容疑をかけられた。潔白を証明せんと一肌脱ぐ徳右衛門。が、そのせいで妻のあらぬ疑いを招くはめに。われらがマイホーム侍、今回も右往左往！
い-91-5

稲葉　稔
すわ切腹
幕府役人事情　浜野徳右衛門
剣の腕を買われ、火付盗賊改に加わった徳右衛門。大店に押し入った賊の仲間割れで殺された男により、窮地に立つことに。何よりも家族が大事なマイホーム侍シリーズ、最終巻。
い-91-6

上田秀人
奏者番陰記録
遠謀
奏者番に取り立てられた水野備後守はさらなる出世を目指し、松平伊豆守に服従する。そんな折、由井正雪の乱が起こり、備後守はその裏にある驚くべき陰謀に巻き込まれていく。
う-34-1

風野真知雄
耳袋秘帖
妖談うつろ舟
江戸版UFO遭遇事件と目される「うつろ舟」伝説。深川の白蛇、幽霊を食った男…。怪奇が入り乱れる中、闇の者とさんじゅあんの謎を根岸肥前守はついに解き明かすのか？　堂々の完結篇。
か-46-23